오십 년의 사춘기

오십 년의 사춘기

고은高銀 대표시 모음

김형수 엮음

문학동네

책을 내면서

한국문학에서 고은의 이름은 한국정치에서 김대중의 이름만큼 범람했다고 쓴 적이 있다. 1950년대 말에 전후 세대의 주역으로 등장한 이래 내리 오십 년을 뭐라 규정할 틈도 주지 않고 쾌주했으니, 우리는 이 기나긴 사춘기를 어떻게 읽고 설명할 것인가? 대다수 국민은 언론을 통해서 쉴새없이 듣고 있다. 연보가 전하듯이 저서도 기백 권이다. 국민평균독서량이 일 년에 한 권이라면 우리 국민이 고은을 아는 데 필요한 시간은 최하 이백 년에 이른다. 난처한 것은 해마다 삼 년치의 분량이 늘어난다는 점이다. 이 대책 없는 홍수에 밀려 문예지나 비평계는 고은 문학에 대한 일기예보를 사실상 중단하였다.

욕을 먹을 사람이 아무도 없는 사태가 벌어진 것이다. 고은의 시를 고르는 일은 어떤 텍스트를 선정해도 흐르는 강에서

물 한 바가지를 퍼오는 격밖에 되지 않는다. 가지마다 이파리마다 나무의 온 생명이 새겨지는 건 사실이지만, 편린으로 전체를 대신할 수는 없는 노릇이다. 하면, 시집 한 권으로 고은 미학을 개괄할 수는 없을까? 가령 세월이 많이 흘러, 잊을 것은 잊고 난 다음의 업적을 기억하듯이 그의 문학적 유골로 추정될 몇 토막을 지금 시점에서 추려볼 수는 없을까? 나는 대학에서 시 창작 강의를 하다가 이런 생각을 하게 되었다.

다행히 고은 시인께서 허락하시고, '문학동네'에서 받아주어 빛을 본다. 국민가수라거나 국민가요 같은 개념을 빌려 쓰자는 것은 아니지만 국민적 애송시가 된 것들을 찾아서 모으면 되겠다 싶었는데, 막상 해보니 오판이었다. 답답한 시대의 기슭에서 귀신이 쓴 시를 발견한 느낌이던 옛 감동의 기억들을 줄 세우기가 얼마나 어려웠는지…… 초·중·후기 순으로 제1부 '집을 버리다' 편, 제2부 '외치다' 편, 제3부 '다시 길을 가다' 편 등을 열다섯 편씩으로 압축하면서, 특히 제4부 '많은 사람들(만인보萬人報)' 편에서는 더이상 털어낼 수 없어서 눈 감고 흔들어버렸다.

시인께서 편자의 임의에 맡기면서 텍스트만은 김영사의 『고은전집』을 써달라고 했는데, 검토해보니 몇몇 중요 작품이 누락되어 있었다. 그중 『실천문학』 창간호에 '무단'이라는 가명으로 발표된 「벽시」는 당대를 설명할 때 빠져서는 안 될 작품으로 사료되었기에 그냥 올렸다. 어느 행사장에서 독자의 질문에 답하시기를, 술좌석에서 객기로 쓴 거라고 한사

코 제외시키던, 저 유명한 국민가요를 낳은 「가을편지」 「등대지기」 「세노야」 따위는 그나마 자제하였다. 그럼에도 이전의 선집과는 상당히 다른 꼴을 띠었으니, 까마득한 후배임을 방패로 삼아서 저지른 일에 대해 관대한 처분이 있길 빌어볼 뿐이다.

말미에, 고은 등단 오십 주년 기념 심포지엄 발제문과 고은 연보를 붙였다. 또 시집이 출간되는 대로 고은 시 강독의 현장을 인터넷에 올려서 이 선집의 효용성을 높여보고자 한다. 부디 고은 문학세계를 알고 싶은 독서가들, 시인의 길을 걷고자 하는 최전선의 독자들, 각급 교육기관에서 시 창작을 수업하는 선생님과 학생들에게 이 책이 도움이 된다면, 시키지 않은 일을 한 편자의 밤샘이 얼마나 뿌듯할까?

2008년 12월

김형수

차례

제2부 _ 외치다

제3부 _ 다시 길을 가다

제4부 _ 많은 사람들

제1부

집을 버리다

예감豫感

가을이다. 어느 나라의 인구가 줄어든다.
긴 편지를 쓰고 끝에는 '끝' 이라고 썼다.
어제 솎은 육십 캐비지 한 접시
남은 경사傾斜의 술은 다 마셨다.
들쥐들이 종점에서 종점으로 몰려다닌다.

오늘 영원한 백원짜리를 벌었다.
너무나 많은 끝이 내 발등에 쌓인다.
감사하다. 감사하다.
주황색 손수건으로
하늘을 보고 자꾸 흔들어야 한다.

가을이다. 저 소학교 운동장에서
일생의 호각소리가 뚝 그친다.
모든 무덤들은 말한다.
다시 이 세상에 태어날 수 없다고.
머무는 친우여 나는 혼자서 뻗은 길을 걸어가야겠구나.

폐결핵

1

누님이 와서 이마맡에 앉고
외로운 파스 하이드라지드 병瓶 속에
가라앉은 정서情緖를 보고 있다.
뜨락의 목련이 쪽처럼 쪼개어지고 있다.
한 번의 긴 숨이 창 너머로 삭아가버린다.
오늘, 긴 하루의 오후에도
늑골에서 두근거리는 신神이
어딘지 모를 머나먼 곳으로 간다.
지금은 거울에 담겨진 기도와
소름들이 다 말라버린 얼굴
모든 것은 이렇게 두려웁고나.
기침은 누님의 간음,
한 겨를의 실크빛 연애에도
나의 시달리는 홑이불의 일요일을
누님이 그렇게 보고 있다.
언제나 오는 것은 없고 떠나는 것뿐이다.

누님이 치마 끝을 매만지며
화장化粧 얼굴의 땀을 닦아내린다.

2

형수는 형의 이야기를 해준다.
형수의 묵은 젖을 빨며
고향의 병풍 아래에 파묻힌다.
그네보다 먼저 아는 형의 반생애,
나는 차라리 모르는 척하고 눈을 감는다.
항상 기旗 아래 있는 영웅이 떠오르며
그 영웅이 잠드는 미인이 떠오르며
형수에게 넓은 농지에 대하여 모르는 척한다.
내가 꿈꾸는 것을 누가 이을까.
쓸쓸하게 고개에 녹아가는
눈허리의 명암을 씻고 그네는 나를 본다.
작은 카나리아 핏방울을 혀에 구을리며

자고 싶도록 밤이 간다.
내가 자는 것만이 사는 것이다.
그리고 형의 생전을 잊어야 한다.
얼마나 많은 끝이 또 하나 지나는가.
형수는 밤의 부엌 램프를
내 기침소리에 맡기고 간다.

소등 消燈

사별했다. 애도조차도 무례하다.
나는 무덤 같은 서울을 떠난다.
길이 단호하다. 인파 저자를 지나고
앰프 마을들도 지나고
시골만이 구원이다.
축하하는 듯한 삼밭 고개 넘어
길은 나루터에서 그쳤다가 저 건너 나루터에서 이어진다.
마침내 길은 들에서 하얗게 타오르는 연기가 되고 만다.

저 역경과 같은 들을 지나서 길은 끝날 것인가.
그리고 일생으로 찾았던
한마디의 삶의 인사말이 있겠는가.
그렇다. 사람이 길을 물었을 때
무엇이라고 내가 대답할 것인가.
이것뿐이다. 내 이름을 일러주고
한 이파리 주운 은화에 햇빛이 비칠 때 그 은화가 새끼지
빠귀처럼 운다.

길은 나루터에서 그쳤다가 나루터에서 이어진다.

누구의 말이라도 말 속에는
일생의 파도소리가 들어 있다.
이윽고 어린 등불이 꺼진다.
산화散華는 꽃만이 아니라 일체의 청춘으로 이룩된다.
내 목이 마르고
길은 깊이 생각에 잠겨 있다.
오늘은 어제의 연장이 아니다.
아아 추위조차 마을마다 다르다. 그리고 사람마다 다르다.

벌써 가을이다. 늙은 농부는 개토改土할 흙을 미리 다지고
빼빼마른 석수장이는 돌을 깬다.
끝내 죽은 사람은 나타나지 않는다.
하지만 죽은 사람의 가을이다. 내 가을이 아니다.
죽어서 없다는 것은 이 세계에서 가장 강한 존재의 역설이다.
새벽부터 외치는 앰프의 마을이 앰프 소리 끝난 마을로 남

아 있을 때

내 고독은 고독으로부터 사별한다.

깊은 어둠이 낳은 또하나의 어둠이

내 다시 시작한 도보를 받아들인다. 죽은 사람이 나의 삶을 상속한다.

천은사운泉隱寺韻

그이들끼리
살데.

골짜구니 아래도 그 우에도
그이들의 얼얼이 떠서
바람으로 들리데.

이제 그이들은
밤 솔바람 소리.

차라리 바위 보아
비인 산허리.

가을이 오데.

바위 보아
나앉아 우는 추녀 끝
뜰에 떨어지는 풍경 소리에

그이들끼리
살데.

돌아가 한번 잊은 뒤
도로 가고 싶은
그이들의 얼바람진 산허리

그이들은
살데.

그이들은
살데.

겨울 달빛

무덤을 다 팠다. 여기가
겨울 달빛이 다다른 곳이다.
밤 기러기 아래 하늘은
언제나 어둠의 회오리바람으로 가득하다.
나는 무덤에서 다시 살아났다.
흰 면지綿地 두루마기 자락을 날리며
내가 수의壽衣의 긴 밤을 다녀올 곳이 어디인가.
사랑하는 이여 내가 절로 무덤을 파고 살아서 돌아간다.
그대 마을까지 가려면
이토록 팽팽한 추위로 밤을 지새이리라.
또한 내 롱약籠藥 냄새의 송장 이마에는
몇번이나 밤 거미줄이 휘날리다가 걸리리라.

때때로 선잠 깬 기일忌日의 자갈길은
지난날 어허어허 내 상여 소리에 이르고
바다는 저 달이 혼자 떠 있지 않도록
조천朝天 바다 사리 때 고기들을 숨기고 있다.
슬프도다. 내가 살아 있는 기침 소리를 내면

내 마음이 먼저 나와서 나를 맞이하고 있다.
사랑하는 이여 내가 무덤을 파헤쳐 돌아간다.
그대 마을 망각의 어유漁油 등불을 꺼라.
밤은 모든 죽음이 삶으로 서투르게 바뀌어지며
이 세상을 몇번은 새 세상이 되게 하리라.
오늘밤만 그대 잠들지 말고 기다려달라.
저 언덕 두더지 들쥐들의 더운 피의 새벽까지
그대 아직 남아 있는 슬픔 때문에 어이 잠이 오겠느냐.

무덤을 다 팠다. 여기까지
겨울 달빛이 다 왔다.
만약 이 겨울이 봄 여름 다음에 그대로 다시 온다면
누가 키 큰 손님으로 어릿어릿 길을 찾겠느냐.
사랑하는 이여 내가 살아서 돌아간다.
그대는 흐르는 물의 바닥처럼 문을 열어라.
내 발이 해조海藻 밀린 자갈길에 다쳐도 새벽까지는 다다르리라.

편지

지금 나는 드넓은 후면後面을 돌아다본다.
삶은 까닭 없이 넓구나.
길들이 재회한다. 하나의 길이 상모처럼 굽이친다.
누가 저 길로 빛발치며 올 것인가.
누가 별인가 그리움인가.
어쩌다 새가 잘못 날 때 죽음이 여기저기서 메아리친다.
가장 멀리까지 들릴 새소리 밑으로 나는 가야 한다.
그리하여 솟아오르는 하늘에서 편지를 받는다.

받은 편지는 한 번 죽는다. 그리고 태어난다.
어떤 아낙네가 첫인사로 길을 묻고
함께 가다가 몇 마디의 어의語意 뒤에 헤어진다.
새가 나 대신 떨어져 죽는다. 종달새의 삶으로
다 마친 일 속에 반드시 남은 일이 있다.
마침내 반짝이는 편지 속에 저세상의 새가 운다.

지금 나는 밭에서 흙 묻은 손과 이야기한다.
편지의 구절들이 살아서 내 말이 된다.

저만큼 남은 처녀지處女地까지 가기 전에
귀빈인가, 먼 곳에서 지진이 으르르 지나간다.
그러나 내 앞으로 올 날들이 서두르고
하늘은 무엇인가를 자꾸 포기하며 저 혼자 달아나며 높다.

편지는 하늘 것들을 이 땅에 쉽게 가지고 온다.
새가 죽은 뒤 극약의 정적 속으로 보리밭이 자고
언젠가 날고 난 다음 잊어버린 우렛소리 아래로
곧 누가 묻힐 근조謹弔의 언덕바지에서
편지는 비처럼 벼랑처럼 나의 묵은 현絃을 울린다.
여기까지 얼마나 많은 뜻으로 비가 왔는가.

사치奢侈

어린 시절 고향 바닷가에서 자주 초록빛 바다를 바라보았습니다
그 바다가 저에게 자꾸 달려오려고 애를 썼으나
저는 조금씩 물러날 뿐 다가가지도 못하고 바다는 그곳에서 바다일 뿐이었습니다
빨랫줄은 너무 무겁게 늘어지고 마른 빨래는 날아가기도 했습니다
저세상의 깃발인 빨래와 이 세상의 몸인 바다로
제가 가지고 있던 오랜 병은
착한 우단 저고리의 누님께 옮겨갔습니다
아주 그 오동꽃의 폐장肺臟에 묻혀버리게 되었습니다
누님은 이름 부를 남자 하나가 없고
오직 '하느님!' '하느님!'만을 부르고 때로는 아버지도 불렀습니다
저는 파리한 몸으로 누님의 혈맥에 흐르는 갈대밭의 애꿎은 애내欸乃를 들었습니다
이듬해 봄이 뒤뜰에서 머물다 떠나면
어쩌다 늦게 피는 꽃에 봄이 남아 있었습니다

흰 철쭉꽃이야말로 여름까지도 이어졌습니다
이윽고 여름 한동안 저는 흙을 파먹기도 하며 잠들기도 했습니다
비가 몹시 내리고 마을 뒤 넓은 간사농지干瀉農地는 홍수에 잠겼습니다
집이 둥둥 떠내려가는 온종일의 물 세상
누님께서 더욱 아름다웠기 때문에 가을이 왔습니다
그렇습니다 진정코 누님이야말로 가을이었습니다
찬 세면洗面 물에 제 푸른 이마 잔주름이 떠오르고
세수를 하고 나면 가을이 와서 마치 하늘이 서서 우는 듯했습니다
멀리 기적 소리는 확실하고 그 위에 가을은 한번 더 깊었습니다
잎 진 나무에 겨우 몇 잎새만 붙어 있을 때도
그것은 다른 사람에게 빈 나무이게 하고
누님에게는 살아남은 이웃이었습니다
기역자나 니은자 없이도 새소리 없이도 곧잘 말했습니다
그리고 맑은 뜰 그 땅 밑에서 뿌리들도 놀고 있었습니다

하늘 역시 이 세상의 한 곳인 하늘나라임에 틀림없고
그 하늘이 소리치며 더 푸르기 때문에 제가 눈 감는 버릇이 되고
어디서인지 제 행선지가 재삼재사 저를 기다리고 있었습니다
누님께서 숨막히며 기침을 시작한 뒤 저는 급격하게 삭막하였습니다
차라리 제 턱을 치켜들어 삼라만상을 우러러보아도
다만 제 발등은 움쩍도 않고 제자리에서 복수復讎받았습니다
마침내 제가 참을 수 없게, 울 수도 없게 누님은 피를 쏟았습니다
한 아름의 치마폭으로 그 피를 껴안았습니다 쓰러졌습니다
그때 저는 비로소 보았습니다 누님의 깊은 내부가 외부임을
그리고 그 동정童貞 안에 내재하는 조석潮汐의 고향 바다를
그뒤로 저의 잠은 누님의 시든 잠이었습니다
누님의 방에는 산 자 죽은 자의 고막鼓膜으로 가득 찼고
저는 문 밖에서 숱한 밤을 한 발자국씩 새웠습니다
누님께서 우단 저고리를 갈아입던 날

저는 모든 가난을 뒤로한 누님의 황홀한 시간을 더해서
겨울 썰물 개펄을 헤매다가 빈 소라고둥과 함께 돌아왔습니다
이듬해 봄의 음력 안개방울 달린 빈 빨랫줄을 가리키며
누님의 흰 손은 떨어지고 이 세상을 하직했습니다
저는 울지 않고 그의 흰 백자白磁 베개 가까이 누워
얼마만큼 그의 죽음을 따라가다 돌아왔습니다
관 속은 누님인지 나인지 또는 어떤 기쁨인지 모르는 어둠이었습니다

애마 한스와 함께

오늘 새벽 수숫잎새 같은 옷을 서걱서걱 걸치고
나는 사세마四歲馬 한스를 타자 마구 달렸다
처음 콩밭 곡식을 거둔 빈 밭에는 채일 것이 없었다

내가 달릴 때 말이 먼저 물 건너 종소리를 들었다
그리고 내 귀는 말의 귀에 대어져 어렴풋이 들었다

아직 주홍 꽃신을 제 품에 안고 내 외동딸은 쌕쌕거리겠지
내가 돌아가서, 네가 처녀가 되어 있으면 첫째 한스가 놀라리라

어느덧 우리는 하얀 띠의 길을 달리는구나
말고삐를 낚아채지 않아도
한스는 내 마음을 이미 알고 있다

새벽길은 남은 가을 끝이 여기저기 잠들었고
침착하기 짝이 없는 대기 아래, 캐비지 밭을 덮고 밤은 지새었구나

모처럼 외동딸을 두고 어린 시절의 마을 장님 노래와
대만까지는 이틀이면 갈 바다와 박쥐들과……
내 한스는 그런 것을 내게 주면서 갑자기 갈기 세워 달린다

어디로 가느냐 내 두 다리를 말의 옆구리에 맡길 따름
그러면 한스는 새벽 꿈이 주인 때문에 끊겼다고 투덜대다가 만다

몇십 년 동안 농부는 밭에 있어왔건만 지금은 새벽 빈 밭이다
지난 여름밤, 깊은 밤 곰별자리 밑으로 한스는 멈춘다
내가 앞으로 가슴이 밀리다가 내리고 안장은 따뜻한 채 기다리리라

그러나 파리가 뜯어먹은 흉터쟁이 한스야 우리는 곧 돌아가자꾸나
이제 신 한 짝이 품에서 내려지고

외동딸이 깨어 어여쁘게 절망한 아침이구나
여기서는 잠깐 멈추자
잠깐 멈추는 곳도 중요한 곳이 아니냐

저녁 숲길에서

어느 날보다도 일찍 미자르 별*이 뜨고 나는 겨우 일을 마쳤다.

우리 말이 방풍지대 너머로 달려가서
해산解散하는 듯한 메밀밭을 버려놓았기 때문에
나는 말을 끌고 밭 주인한테 사과하러 가야 한다.
그러나 한두 번 잘못하는 일은 아름다움 아니랴.
내가 가는 것은 뜻밖의 슬픔이라도 만나러 가는 것이 아니랴.

밭 주인네 집은 밤나무숲 저쪽의 오지에 있다.
하얀 메밀밭은 저문 뒤에 더욱 역력하구나.
나는 뒤에 끄덕끄덕 따라오는 말더러 핀잔을 주지 않고
오직 숲길로 접어들자 몇 마디 중얼거렸을 뿐이다.
이제 다 왔다, 네가 좀더 겸손해지면
나도 너와 함께 겸손한 식구로 늙어가겠다, 라고.

우리가 밤나무숲으로 들어가자 누가 뒤에서 일어서는 듯하다.

자꾸 돌아다보아도 말 꼬리에 채이는 것은 벌써 오고 있는 어둠이다.

저녁 숲길은 밭 주인의 자취로 가득하고

나는 세 줄짜리 금琴을 탄주彈奏하는 주인에게 할 말을 생각해본다.

잘못했습니다, 우리 말은 히잉히잉 운 뒤 몹시 후회하였습니다, 라고.

그러나 화내지 않을 주인은 아직 돌아오지 않았다.

아니 화낼 주인도 돌아오지 않았다.

다만 밭 주인네 막내딸 머리를 쓰다듬어주었다.

이상하구나 내 사과하는 손길이 그 아이 머리에서 굳어진다.

아무래도 그애의 혀에 이끼가 끼며 곧 죽으리라.

나는 주인을 만나지 못한 채 그 집을 하직하였다.

그 숲속의 집에서 너무나 멀리까지 야채 썩은 냄새가 따라온다.

내 걸음은 자주 헛디디어졌고 말 얼굴도 더 길쭉해지며 바빴다.

죽음이 있다니 그 죽음에게 어찌 작은 사과를 하랴.

어서 나는 서남방으로 늙은 말과 돌아가야 한다.
서로 오래 일해온 사이 말과 나는 한마음이다.
오던 길이 아니었다. 내 눈은 오던 길을 사납게 찾건만
그러나 낯선 길에서 말과 내 마음은 한동안 당황한다.
말도 나와 너나들이 사이 오연부吳宴婦 흉내를 내며 따라온다.
어디선가 개울물 소리가 혼자 중얼거리는지
단 한 번 죽을 까치의 삶이 별빛처럼 까치 소리를 낸다.
슬픔일지라도 아픔일지라도 죄일지라도 가까운 개울물 소리에 맡기자.

이제 다 왔다. 네 잘못 빌 처지가 아니라 그 집 딸은 죽으리라.
내가 겨우 들리도록 말하자 말은 엉덩이를 낮춘다.
이 세상 일은 다 죽음과 닿아 있고
우리들이 사과하러 갔다 오는 길에도 나무 냄새 흙냄새에도 죽음은 닿아 있다.

저녁 숲속의 어둠은 바다 사리 때로부터 돌아온다.
마지막까지 낙조의 빛을 정성을 다하여 보낸 다음
밭 주인네 딸의 죽음이 몇번인가는 숨바꼭질도 하는구나.

어느 날보다 일찍 북돋기 일을 마치고 우리는 하루 일을 마무리한다.
우리가 돌아오는 길은 이제 밭 주인네 집에서 한참이나 멀어지고
이상하다. 내일 일들은 큰 강의 많은 지류가 되어 떠오르지 않는다.
내가 갑자기 어느 영전에 선 것같이 말이 짐작하는지
오늘밤에는 제 마구간에서 조금이라도 나와 함께 있기를 바란다.
마구간은 잘 손질이 되었으니 정결한 말 뱃가죽 냄새뿐이다.
어서 가자. 집에서 누가 몸 씻는 물소리가 난다.
그 위의 하늘 이웃에서는 오랜 친구인 미자르 별이 떠 기다리리라.

* 북두칠성 중의 한 별.

을파소 乙巴素

밤이 깊어서 길은 누에들처럼 깨어 있다.
우리를 위하여 멀리까지 깨어 있다.
다친 조랑말 을파소야
서둘지 않고 가자.
우리는 무슨 일에도 함부로 후회하지 않는다.
삶이란 그다지 숭엄하지 않고
또 삶이란 그다지 비천하지 않다.
하늘에는 거미줄이 자라고
때때로 별빛이 거기에 걸리며 내려온다.
아무리 큰 소리를 가진 사람도
별을 아무리 아무리 부를 수 없다.
우리는 흔들리는 수레에 실은
빈 그릇에 밤을 온통 담았을 뿐이다.
길은 더욱 몇 갑절로 친밀해진다.
네 부지런한 홍년의 방울 소리는
지나는 길에서 잠들 때도 있다. 을파소야
서둘지 말고 가자.
마음이 지레 바쁘지 않으면

어둠은 차례로 비켜나서
우리가 온 뒤를 순하디순하게 따라온다.
이제 바람 자는 풀밭길을 지나서
불 꺼진 외딴 마을과
자꾸 헛디뎌지는 넓은 배추밭 길도 지났다.
죽어가는 노인이 죽음을 서둘지 않는다.
우리도 서둘지 말고 가자.
먼동이 다 틀 때까지는 도달한다.
그렇지 않으면 끝에서 기다리다가
추운 집이 달려오리라.
서둘지 말고 가자. 조랑말 을파소야
내 가난은 언제나 네 여물 대기도 딱한 적 있으나
아무것도 받지 않으려고 이 세상에 온 너에게 미안하다.
길은 잠든 것들이 남겨둔 어둠까지도 아직 길이게 한다.
왜 이렇게도 익숙한 것인지
삶도 죽음도 젊은 날의 괴로움도.
을파소야 너는 내 마음 잘도 알아서
잠든 술집 지나갈 때는

뒤를 돌아다보며 걸음을 늦추는구나.
그러나 지나가버리자.
밤이 깊으면 술보다 다른 것이 더 좋다.
내가 내 죽음이나 네 죽음을 생각하면
너도 또한 내 죽음을 생각해준다.
서둘지 말고 가자.
가서 네 마구간 깨끗한 데서 쉬고
다음날 모르고 죽는다 한들 어떻겠느냐.
을파소야 이제 절반 대중이 넘어
네 쉰 꼬리가 한 번 령嶺을 치는구나.

햇빛사냥

집집마다 신부新婦가 있다. 얼마나 기다렸느냐.
나는 제 길을 두고 멀리멀리 원주圓周를 돌아왔다.
늙은 말이 천둥소리를 미리 알 때
비로소 히뜩히뜩한 번개가 떨어진다.
아 이 세상은 너무나 오래되었다.
그리하여 햇빛이 천년 만에 산 너머에서 오고
이제 내가 왔다. 마을을 벗어나서
여의주 양파밭을 넘어가면
그곳이다, 모든 햇빛이 오손도손 모여 있는 곳은.
아무리 그대와 내가 달음박질쳐도
겨우 이르는 곳은 좀더 못 미치는 그곳이다.

신부여 단 하나로 수많은 신부여
눈 감아라 햇빛이다. 햇빛이다.
저 멀리에서부터 그대를 향해 오고 있는 햇빛이다.
이곳에서 그대의 칠백이만 크샤나*의 순간들을
내 아우성의 일생에서 다 가져갔다.

어느 나라에도 없다. 이 팽팽한 햇빛은 없다.
햇빛이여 햇빛과 하나가 된 신부여
그대는 영영 시간 밖에서 빛난다.
어둠도 별도 다 벗어난 삶으로
빛나는 햇빛 신부
마침내 나는 그대를 겨눠 필생의 화살을 날려보냈다.

* 칠백이만 크샤나(찰나) : 일 크샤냐는 이십사 시간.

초추初秋

아우야 서쪽으로는 울 치지 말아라
내가 가야 할 곳은
아무리 찾아보아도 그쪽이다
돌아온 아우야
살아가면서
몇 잔 술에 취하여
가을이 오면 이 땅에는 들이 많아진다
내가 가야 할 곳은 서쪽
나뭇가지 사이 서쪽이 무한하다
이제 이 세상도
이 세상의 아름다움도 저문다
아우야 네가 돌아와
빈 마당 울을 치고
다시 살아가려는 아우야
이제 너에게 맡기고
오늘처럼 나는 가려고
어둑어둑한 서쪽으로 환히 길을 찾는다

문의文義마을에 가서

겨울 문의*에 가서 보았다.
거기까지 다다른 길이
몇 갈래의 길과 가까스로 만나는 것을.
죽음은 어느 죽음만큼
이 세상의 길이 아득하기를 바란다.
마른 소리로 한 번씩 귀를 달고
길들은 저마다 추운 소백산맥 쪽으로 뻗어간다.
그러나 굽이굽이 삶은 길을 에돌아
잠든 마을에 재를 날리고
문득 팔짱 끼고 서서 견디노라면
먼 산이 너무 가깝다.
눈이여 죽음을 덮고 또 무엇을 덮겠느냐.

겨울 문의에 가서 보았다.
죽음이 삶을 꽉 껴안은 채
한 죽음을 무덤으로 받는 것을.
끝까지 참은 뒤
죽음은 이 세상의 인기척을 듣고

저만큼 가서 뒤를 돌아다본다.
지난여름의 부용꽃인 듯
어쩌면 가장 겸허한 정의인 듯
모든 것은 낮아서
이 세상에 눈이 내리고
아무리 돌을 던져도 죽음에 맞지 않는다.
겨울 문의여 눈이 죽음을 덮은 다음 우리 모두 다 덮을 수
있겠느냐.

* 충북 청원군의 한 마을. 지금은 대청댐에 가라앉았다.

여수 旅愁

3

새벽에 쫓아나가 빈 거리 다 찾아도
그리운 것은 문이 되어 닫혀 있어라

7

해 저문 날 낯선 마을 지나다가
우는 아이에게 길을 묻다

10

늦가을 쌓인 잎새 디디면
죽은 아내의 목소리 부서진다

아무리 그 목소리 따라가며 여보여보 불러보아도……

12

밤새도록 물소리
내설악 물소리

어느 때는 들리고 어느 때는 들리지 않누나

때로는 물소리도 헛소리누나

21

집 없어서 종점에 내렸는데
저녁때 골목골목에 쌓이는 아이 부르는 소리

23

아아 이 세상 같아라
우는 여자 떠나는 서울역

34

아무리 길을 보아도 길 흩어지는 만경들 가을비 속

36

내일모레쯤 나 쓰러지면
귀여운 승냥이 새끼
내 살을 뜯어먹어라

오늘 개울에 씻은 여윈 팔다리

45

돌멩이 하나 던져서
어둠에 맞는 소리

밤길 혼자 가다가 둘이 되다

46

비 오는 들길 외로워라
내 발이 다치지 않았다면 더 멀리 가야겠지

52

저 불빛 하나!
눈 감았다가

다시 눈 떠서
함께 잠을 이루지 못하네

56

가을 잎새 뒹굴며 말하기를
'석가나 예수 뭣 하러 왔을까'

59

하늘만큼 바쁜 데 어디 있겠나
비
바람
구름 논 우여우여
그러다가도
또 얼마나 바쁜가 빼저린 푸른 하늘

60

김장하고 눈 오고
이웃집 서방 불러라 개구멍으로 불러라

81

밤 뱃고동 소리
나도 떠나려다가

제 새끼 이불 고쳐 덮어줄 따름

103

우리 오빠 죽어서 오빠 같은 파도소리
우리 남편 죽어서 남편 같은 파도소리

우리 자식 죽어서 자식 같은 파도소리

아아 북제주군 삼양마을 할머니 같은 파도소리

109

미안하다
나 같은 것이 살아서 오일장 국밥을 사먹는다

120

뭔가 지나치게 중얼댄 것 같아서
입 다물고 서 있는 밤 미루나무

121

밤 깊어서 광화문 지하도를 쓰는
늙은 청소부의 긴 그림자

126

저 소경의 어둠 속에 들어가서
이 세상을 그리워하여라

그대 꼭 그리워할 테면……

158

옷소매 떨어진 것을 보면
살아왔구나! 살아왔구나!

청수장清水莊에서

더 무엇이 되어 여기에 내가 남았는가
청수장 수년을 보낸 지금
때로는 모르는 것을 너라고 불러
물소리 이루어 앉아 있어도
살아온 것만큼
다만 물소리로 물을 흐르게 한다
네 얼굴 낯익으면 익을수록 슬프다
어둑어둑한 나뭇잎새 잠들어
네 몸의 여러 장기들도 하나둘 잠이 든다
이제 내가 더 무엇이 되어 남았는가
아무리 찾아보아도 여기저기 살아온 것은 없다
너라고 불러
깊은 밤 돌아다보면
물소리는 저 혼자 흐르는 물을 따라가고 있다

제2부

외치다

귀성歸省

고향길이야 순하디순하게 굽어
누가 끌러둔 말없는 광목띠와도 같지요
산천초목을 마구 뚫고 난 사차선 저쪽
사람들 지방도로 느린 버스로 가며 철들고
고속도로 달리며 저마다 급한 사람 되지요
고향길이야 이곳저곳 지나는 데마다 정들어
더러는 빈 논 한 배미에 밀리기도 하고
또 더러는 파릇파릇 겨울 배추 밭두렁을 비껴
서로 오손도손 나눠 먹고 사양하기도 하며 굽이치지요
긴 삼천리 강산 고생과 함께
오래도록 씨 뿌리고 거두는 대대의 기침 소리 있지요
자투리 땅 한 조각이라도 크나큰 나라로 삼아
겨우내 몸 하나 경운깃길 털털 감돌아 날 저물지요
어느새 땅거미는 어둑어둑 널리는데
이 나라에서 왜 내 고향만이 고향인가요
재 넘어가는 길에는 실바람 어느 설움에도
불현듯 어버이 계셔야 하지요 그리운 내 동생들 달려오지요

저녁 논길

벌써 별 하나 떠 이 여기까지 우주로구나
마른 풀냄새 한철인 마을에도
아껴 쓰는 전등불빛 여기저기 돋아난다
나는 돌아가는 저녁 논길을 외오 걸으면서
달겨드는 밤 물것 이따금 쫓고
한편으로는 엊그제 흙에 묻힌 남동이 영감을 생각한다
죽음이 산 사람의 마음을 깊게 하는지
나도 그 영감 생시보다는 손톱만치라도 달라져야겠구나
어둠에 더욱 정든 논 두루 돌아다보아라
지난해보다 도열병 성해서 얼마나 품도 애도 더 먹었는지
여든여덟 번이나 손이 가는 농사가 일 년 농사 아니냐
아무리 쌀농사 헛되고 빚지는 가을이건만
가을은 가을답게 부지깽이도 덤벙대도록 바쁘다
진정코 여기서 떠날 줄 모르고 놀 줄 몰랐다
살아보면 세월은 사람에게 큰 것이 아니라
어느 누구에게도 가장 작은 것이다
돌아가는 길 저녁 논길이 오늘따라 으리으리하게 조용하
구나

가물에도 뒷장마에도 병충해에도 실컷 커서
말없이 이삭 팬 벼가 우리에게 어른이 아니고 무어냐
어서 가자 가서 매흙 냄새 나는 이 몸으로
내 새끼 한번 겨드랑 받쳐 번쩍 어둠 속에
들어올렸다 넉넉잡고 한 나라로 내려놓자꾸나

한식

그렇지 청명에 죽으나 한식에 죽으나
비석 쪼가리 하나 없는 무덤들
추레한 무덤들
살았을 때하고 똑같다
죽어서 십 년 혹은 삼십 년 되어가니
하 어지간하다
가랑비 여우비 내려서
산 자손 이마라고 적셔주고 개인다
순박한 사람들이었다
눌려도 눌려도 순박하기만 했다
어찌 그리 용하게도 순박하기만 했다
동해물이 양반이라면
서해물은 만백성 같다 고향 같다
순박한 사람들의 이야기 같다
그런 바다 희뿌옇게 보이는데
내 조상들 산소
증조할머니 산소 흙 돋우고
잔디 몇 삽 떠 때웠다

할아버지 산소도 손댔다
세벌 김매고 돌아올 때도
늘 꼬래비로 처져서 오던 할아버지
신떨음 한번 없이 산 할아버지
이 조상들 오늘 가로되
이제 농투성이 순박하지 말어라
좀 사납고
뻣뻣하고
생떼 단단히 쓰고
여우 꾀도 낼 줄 알어라
면장 오면 굽신대지 말어라
서울놈 오면 작대기로 쫓아버려라
그놈들한테 순박하다는 말이나 듣는 얼간망둥이 말어라
백년 묵어라
늑대 멧돼지 도깨비 되어라
왼 다리 칭칭 감아 돌려버려라

연기 한 가닥

논에 둔 북더기나 검불 그냥 삭는 게 좋은데
부쩍 늙으신 아버지는 마른 팽쑥 논두렁 건너가서
큰일이나 난 듯이 그것에 성냥 그으신다
마침 찬서리 느지막하게 녹는 참이라
연기 한번 고구려고구려 힘차게 솟아오른다
다섯 바람 열 비 내리는 하늘이야
또 하늘대로 아무 일 없듯 새파랗게 젊기만 하다
보아라 하늘과 땅 사이만한 것 어디 있느냐
연기 한 가닥 뻗어올라 나라 하나 세운다
아무래도 아버지는 곧 세상을 떠나실 것만 같다
더 탈 것 없으니 연기 차차 기운 잃어버린다
할아버지를 아버지가 이으셨으니 아버지 내가 이어야지
오천 년 내내 농사짓는 일 대대로 이어와서
내년에도 내후년에도 허리 굽혀 모심는 날
그날 밤에는 온통 개구리 울음소리로 마을이 떠나가리라

성묘

아버지 아직 남북통일이 되지 않았습니다.
아버지가 소금장수이시면 얼마나 좋겠습니까.
일제시대 소금장수로
이 땅을 짚신으로 지까다비로 떠도신 아버지.
아무리 아버지의 묘향산 압록강을 생각해도
지금은 그때가 아닙니다.
아버지의 그때
두만강의 수리조합 수양버들 보셨지요.
국경수비대의 총검에 언뜻언뜻 어린
날 저문 수풍 강물 뗏목 노래 사이 독립군 눈초리 남몰래 보셨지요.
그리고 아버지는 역마 걸음 쉬지도 않고
남북의 이 마을 저 마을을 다니면서
쌀같이 하얀 소금, 굵은 소금 한 되씩 팔았습니다.
때로는 서도 잡가도 흥얼거리고
꽃 피는 남도에서는 남도라
밀양아리랑이나 가슴 에이는 육자배기도 한 모금 넘기셨지요.

세월은 편지투 문자 그대로 흐르는 물로 썸뻑 흘러서
멈추지 않는지라
젊은 아버지의 추억은
일제 이후 이 땅에 남지도 않고
하얀 소금은 염전마다 쌓여가는데
아버지는 빈 소금자루 두고 떠나셨습니다.
아버지 남북통일이 혹시 일 년 뒤에라도 이루어진다면
또다시 이 땅에 태어나서
남북을 두루두루 다니는 청청한 일곱이레
일고수一鼓手 되십시오.
불초 제가 아버지의 옛 가락 받들어
한세상 휘몰아가는 설움 흥興으로 노래하겠습니다.
아버지, 아버지는 지금 어디 계셔요.
소금이여 소금이여 소금 사려
그 소리, 멀어져가는 식민지시대 두메마을 그 소리 어디 계셔요.

편지

우리 오빠
월남전 상이군인 오빠

나 취했어
오늘은 거짓말이 싫어
죽도록 싫어

나 제과공장도 회사도 다닌 적 없어

그건 몽땅 거짓말이었어

칠 년 전 서울역에 내리자마자
그만 나는
나의 길을 가고 말았어

쪽발이 갈보의 길 가고 말았어

우리 오빠

우리 오빠
다리병신 오빠

나 취해버렸어
취해야만
나에게 고향이 있어

갈보에게도 갈보에게도 고향이 있어

부활復活

동해 몇억 조 파랑 망망하거라
누가 있어 일망무제의 바다 다스리겠느냐
하늘과 하나인 저 태백산맥의 순박한 사람들이여
잘 자거라 오늘밤은 해조음조차 없이 길구나
세상이 고이 잠들어 둥근 밤
다만 뒤척이는 것은 빈 게껍데기들인지라
너희들은 그냥 껍데기로 부서져 조각조각 흩어지지 말고
다시 한번 동해의 명예로 해금강에서부터 울진 아래까지
그 긴 기슭에서 어기적대며 살아나거라
삶은 그 어떤 죽음의 영광보다도 강하다
밤새도록 요란스러이 음파 울부짖지 않아도
한반도 환생의 초음파로 살아나거라
그리하여 붉은 해 낙산사 앞바다에 불끈 솟아오르면
그 붉은 햇빛 받아 이윽고 완벽하게 태어난 몸
저마다 껍데기 속의 살과 두어 개의 게눈도 얻어서
열 개의 사나운 발로 가로가로 달려보아라
달밤같이 화려한 거품 뿜어대며 기어나가라
동해 전체의 기슭에서 모든 게들아 어서 기어나가라

얼마나 위대한 일이냐 너희들의 부활 너희들의 동해여
동해 몇억 조 파랑 망망하거라
그 어떤 뇌성벽력도 태풍 아이다도
한 마리 한 마리의 너희에게는 다만 적막한 거품인 것을
동해 융기해안의 게들아 갈 데가 있다 가거라
가서 몇천 길 깊은 바닥에 도사린 무서운 암초들을 물어뜯어라
가서 그 암초 부스러기 물고 천 리 물길 돌아오거라
물어뜯기운 아픈 바다는 드디어 아픔으로 빛나며
울부짖는 파랑 진노하는 파랑으로 뒤덮여
아무리 바라보아도 수평선도 보이지 않으리라
이제 하늘과 태백산맥도
온 세상이 다 잠으로부터 깨어나서
모든 뼈에 살이 붙고 모든 몸에 넋이 붙어
떠난 나그네들아 나라 없는 나그네들아 돌아오라
가을 저문 들 늙은것 어린것이 돌아가듯이 돌아오라
어이 한갓 게 따위뿐이냐 가장 멀리까지 헤엄쳐간 오징어들아

동해 한복판 동경 1백36도까지 헤엄쳐간 오징어들아
아니 대낮 고성 속초 주문진 평해까지 널린 오징어들아
너희들도 다시 살아나 눈부신 물오징어로 헤엄쳐
모든 죽음으로부터 삶으로 돌아가는 장엄한 부활로
너희들의 자유와 관능으로 너희들의 커다란 떨거지로
울릉도 독도 그 너머 한복판의 무한으로 가거라
아 이 나라의 쓰디쓴 시대 살아남지 않고 죽은 이들아
죽어서 집도 없는 무주고혼들아
혼이란 무엇이냐 너희들도 살아나서
과감하게 잊혀진 삶을 새로 머금고 부활하라
저마다 다시 태어나 동해 몇억 조 파랑 앞에 있어라
어느덧 무거운 태풍 뒤의 달밤에
하이얀 하이얀 동해 명사십리 모래밭에서 춤을 추어라
너희들 백의민족 모두의 춤으로 가득하거라
동해 몇억 조 파랑 망망하거라
북과 쇠북아 동해 아득히 울려퍼져라
동해 몇억 조 파랑 망망하거라
나의 육친 동해 몇억 조 파랑 망망하거라

화살

우리 모두 화살이 되어
온몸으로 가자
허공 뚫고
온몸으로 가자
가서는 돌아오지 말자
박혀서
박힌 아픔과 함께 썩어서 돌아오지 말자

우리 모두 숨 끊고 활시위를 떠나자
몇십 년 동안 가진 것
몇십 년 동안 누린 것
몇십 년 동안 쌓은 것
그런 것 다 넝마로 버리고
화살이 되어 온몸으로 가자

허공이 소리친다
허공 뚫고
온몸으로 가자

저 캄캄한 대낮 과녁이 달려온다
이윽고 과녁이 피 뿜으며 쓰러질 때
단 한 번
우리 모두 화살로 피를 흘리자
돌아오지 말자
돌아오지 말자

오 화살

벽시*

적이여 가장 무서운 적인 동지여 그리고 시인이여
눈 떠라 온갖 거짓 소용돌이치는 치맛자락 찢어버려라
한밤중 굴레방다리 괴괴한 백지 위에
첫 줄 쓰자마자 죽음도 없이 죽어버리는 시
썩은 멧새알이여 너 태어나 아지랭이 하늘 영영 날으지 못하리
이 세상 참다운 한 찰나도 붙들지 못하는 시
또한 저 혼자 싸구려로 잠들지 못해
어디선가 다친 승냥이 견디는 쓰라린 밤을
내 손 네 손 손쉽게 술로 때우는 도취의 시
아서라 차라리 더러운 계집 더럽고 비겁한 사내이거라
도둑놈의 시 거지발싸개의 시
아리랑 쓰리랑 고개 사기꾼의 시
진정코 요런 놈의 아호 꼭두각시의 시 찢어버려라
밤에는 무덤놈들이 아가리 연다 미친 하늘의 별무더기 쏟아져라
보라 밤새도록 우짖는 칼울타리 바람소리의 목을 친다
밤에는 땅이 모든 고요 때려눕히며 소리친다

귀머거리여 들어라 머나먼 소리부터 찾아다니며 들어라
허공이여 시인이여 이제까지의 시 찢어버려라
모든 집 모든 거리의 거짓들 다 빼앗아다가
하룻밤 가득 찬 가슴으로 싸우는 허공에 던져버려라
그리하여 새벽이거든 내 핏발 선 쌍눈깔로
먼동 트면서 아픈 새빨간 동아시아의 저주여
새벽 거리 쌩쌩 바람 찬 거리로 가자 행복이여
달려가 울퉁불퉁 새벽녘 담벼락에 시를 쓰자
시인이여 이 황토땅 위에서 한번 시인이거든 죽을 때까지의 시인이여
이제까지 시가 아니라 이제까지 찢어버린 천년의 시가 아니라
아흔 살짜리 늙은이 새로 총각이 되어 춤이 되어
살구꽃 피는 정든 고향의 두레 처녀인 아침
오오 일의 아픔이 일의 기쁨 꼭지에 이르는 때를 위하여
그 아침을 위하여 새로운 시를 쓰자
우리들의 멍든 가슴팍 몇번이고 깨친 역사에 꽉 찬 한으로
낫 놓고 기역자 한 자 한 자 온 힘으로 시를 쓰자

마음의 시 아니라 몸의 시여 몸의 시여
하늘의 시 아니라 땅의 시여
역사의 시 삶의 시 가슴 터지게 써갈겨대자 시를 쓰자
만인, 가장 아름다운 만인이 오고 가는 벅찬 거리여 보라
이 거리 저 거리 담벼락마다 우리들의 시가 아뿔싸 우리가 살아 있다
쓴 놈 읽는 놈 하나가 되는 시여 공포여
비로소 우리 모두 다 시인인 오늘 거룩하구나
오늘 하루 햇덩이로 불끈 솟아오르는 동해 수평선이여
봉건 천년 때려부순 날 찢어버린 날
다시 새로운 총각 처녀 뒹구는 새로운 천년을 건설하라
남북 삼천리강산 천만가호 집집마다 그 담벼락마다
강원도 초가삼간 담벼락이여 회령 거리여 서귀포 거리여
비록 하나둘일지라도 바야흐로 온 땅의 노래인 시
하나둘 갈가마귀로 모여들어 웅성웅성대다가 이윽고 새까만 장날이 되어
메운 거리 흘러가는 행렬이여 처음으로 사람다운 역사 행진곡이여

언제였더냐 화경눈 눈총으로 불이 나는 뜨거움이여
추운 보리밭 헤맨 어린 시절의 벙어리 아우성이여
증조할아버짓적 고부들판 농사꾼 혁명의 죽창이여 달빛이여
보라 이윽고 고렷사람 모두가 일제히 노래하는 시
봄의 복사꽃이여 가을의 붉은 옻나무 잎새들이여
개마고원 태백산맥 밀가루 눈보라 속의 멧돼지들이여
너희들도 시인이다 시를 바스락대거라 시를 울부짖거라
어이할 수 없는 분이네 순이네 담벼락마다
우리들의 일과 뜻 우리들의 꿈이 무지개 토하는 시
그 시를 밤처럼 캄캄하도록 쓰자 피의 손가락이여 누이의 가슴속 여울이여
모든 잔재의 말부스러기 관념부스러기 가라
모든 겉멋들어진 말장난 말병신 가라 백일장 재조才藻 가라
가거라 가고 난 공터에서 겨누는 넋의 찬바람에 정들며
우리들의 산줄기 같은 기나긴 밤의 시 파도의 시를 쓰자
순박한 우리 바우 개똥이네 말 몇 마디면
온 세상 진지의 일곱 빛깔 여덟 소리 풍년 든 들이 되어라
아침이거라 해질 무렵 우리 가슴속에 어리는

우리들의 따로따로의 비애 우리들의 오뇌가 다 무엇이냐
저문 새 날라간 저문 하늘 깡그리 잊어버려라
쇠뿔 같은 초생달이여 말똥 같은 보름달이여 해의 노예여
우리가 일터에서 터벅터벅 돌아오는 거리
그 어둑어둑한 거리에 번개처럼 꽃처럼 빛나는 어둑어둑한 시
확신하라 확신하라 더 나은 삶으로 이끌어가는
우리들의 수많은 꿈의 움직임이여 내일이여 낭만이여
어제의 시 이미 뼈 되어 살 되어 나 자신이구나
어제의 시 지워버리자 또 시를 쓰자 시를 쓰자
아무리 너와 나의 구석구석을 눈 까뒤집고 파고드는 놈일지라도
태평양이여 현해탄이여 의장대 사열하는 탐욕의 외세여
그대들은 언젠가는 빈 손으로 돌아가야 하리 아니 손들어야 하리
그리하여 내일의 시는 대낮에도 그믐밤에도
아무것도 숨길 수 없는 해방의 거리여 그러나 깨끗깨끗한 어린이의 거리여

3행 삭제

황토 담벼락에 뛰노는 역사의 물고기여 뛰노는 시여
펄펄 살아서 뛰노는 염통의 고동소리 우리 여기에 있다
오오 두근거림으로 그리움으로 오랜 세월 흘긴 눈 원한으로
우리가 모든 거짓과 깡패 쫓아낸 자리에
아픔의 시여 아픔으로 읽는 시여 진리의 울음이여
어떤 신놈도 어떤 우상놈도 지우지 못하는 민중의 시가 되자
시인이여 마지막 진실이여
오오 어이할 수 없이 열렬한 향기의 인내인 밤이 가면 새벽인 담벼락이여

* 계엄하에서 부정기 문예지 『실천문학』을 창간하면서 '무단'이라는 가명으로 발표한 시. 1980년 5·18 직전, 소위 '서울의 봄'이라 불리던 시절에 널리 읽힌 이 시는 당국의 검열로 후반부 3행이 삭제된 채 게재되었다. —편집자주

오도송悟道頌

비슬산 감옥
만 마흔여덟 살
새벽 한시쯤
눈 떠
어리석도록 뒤늦게 깨달은 바
가난이란 결국 빼앗긴 것이다

비슬산 감옥
각 사방마다 잠들었다
주임 순시 지나간 뒤
고요하다
죄란 빼앗긴 것이다
결국 이 나라는
이 진리에서 멀리 떠나려왔다

한쪽 귀 수술한 뒤 돌아온
이 신새벽 고요 속
구마고속도로 야간 화물차 달리는 소리 들렸다

가난으로 죄로 세상은 너무 살쪄가고 있다
피리보다 온몸에 해금 소리 그어버리고 싶다

자작나무숲으로 가서

광혜원 이월마을에서 칠현산 기슭에 이르기 전에
그만 나는 영문 모를 드넓은 자작나무 분지로 접어들었다
누군가가 가라고 내 등을 떠밀었는지 나는 뒤돌아보았다
아무도 없다 다만 눈발에 익숙한 먼 산에 대해서
아무런 상관도 없게 자작나무숲의 벗은 몸들이
이 세상을 정직하게 한다 그렇구나 겨울나무들만이 타락을 모른다

슬픔에는 거짓이 없다 어찌 삶으로 울지 않은 사람이 있겠느냐
오래오래 우리나라 여자야말로 울음이었다 스스로 달래어 온 울음이었다
자작나무는 저희들끼리건만 찾아든 나까지 하나가 된다
누구나 다 여기 오지 못해도 여기에 온 것이나 다름없이
자작나무는 오지 못한 사람 하나하나와도 함께인 양 아름답다

나는 나무와 나뭇가지와 깊은 하늘 속의 우듬지의 떨림을

보며
나 자신에게도 세상에도 우쭐해서 나뭇짐 지게 무겁게 지고 싶었다
아니 이런 추운 곳의 적막으로 태어나는 눈엽嫩葉이나
삼거리 술집의 삶은 고기처럼 순하고 싶었다
너무나 교조적인 삶이었으므로 미풍에 대해서도 사나웠으므로

얼마 만이냐 이런 곳이야말로 우리에게 십여 년 만에 강렬한 곳이다
강렬한 이 경건성! 이것은 나 한 사람에게가 아니라
온 세상을 향해 말하는 것을 내 벅찬 가슴은 벌써 알고 있다
사람들도 자기가 모든 낱낱 중의 하나임을 깨달을 때가 온다
나는 어린 시절에 이미 늙어버렸다 여기 와서 나는 또 태어나야 한다
그래서 이제 나는 자작나무의 천부적인 겨울과 함께
깨물어 먹고 싶은 어여쁨에 들떠 누구네의 어린 외동딸로

자라난다

나는 광혜원으로 내려가는 길을 등지고 삭풍의 칠현산 험한 길로 서슴없이 지향한다

새벽

그가 항상 먼저였다
어둑어둑한 데서
거리의 쓰레기를 쓸고 있었다
그들이 먼저였다
공장으로 가는 그들이 먼저였다
첫차는 씽씽 달려간다
이때뿐이다
가장 좋은 때는 새벽뿐이다
그놈들 아직 뻗어 있으니까

간첩

여보게 자네 간첩의 고독을 아는가
누구에게도 그 자신을 숨겨야 하는 고독을 아는가
누구에게도 그 자신을 숨길 뿐 아니라
그에게 부과된 조국을
누구에게도 말할 수 없는 고독을 아는가
그러다가 모스 부호 추적으로 체포되었다
사형에서
무기형으로 감형
이십 년 이상을 0.7평짜리 마룻바닥
흰 머리카락 떨어지는
그 길고긴 나날의 고독을 아는가

더욱 놀라운 것은
이십 년 전의 신념 그대로인 고독이었다
시대 흘러
그 신념이 고개 숙이고 말았는데
그 고독으로부터 한 번도 떠난 적이 없다

아 무엇이 비석이고 무엇이 바람 한 점인가

역사로부터 돌아오라

벗들 소위 역사로부터 돌아오라
흘러흘러 압록강이 용암포 지나 바다에 있구나
인천 작약 영종도 너머 바다에 있구나
역사로부터 돌아오라

우리가 역사의 길 가기 위해서는
지나가버린 역사로 도피하는 기술을 끊어야 한다
그 기술에는 내일이 없다
그 단군 조선 따위도
화랑 따위도 뭣도
쭈욱 미끄러져
동학도
이제 3·1운동도 그만 말하고
그 역사로부터 돌아오라

아무리 거기에 커다란 뜻 붙어 있을지라도
그것은 그것일 따름
역사가 커지면

역사가 무거워지면 오늘이 없다

벗들 역사로부터 돌아오라
아무리 발길로 차도 잘 구르는 해골의 역사로부터
관념의 구렁으로부터
가장 숭고한 듯한 착각으로부터
과장으로부터
거짓으로부터 돌아오라

그토록 싱싱한 삶으로 된 역사도
그것을 말하는 자의 안보에 의해
시들어버린 역사가 된다
벗들 돌아오라
그대 역사의 길 그것이 아니다

이 땅 몸뚱어리 벌레처럼
가장 잘 발달한 변명으로부터 뛰쳐나와
그 기술로부터 뛰쳐나와

여기
대낮 벅찬 역사의 길 가야 한다
압록강도
청천강도
대동강도
임진강도
한강도
금강도
영산강도
탐진강도
섬진강도
남강도
아 낙동강 칠백 리도
두만강도
이읏고 그 수많은 물들 바다로 들어와야 한다

역사로부터 돌아오라
가야 한다

와야 한다
벗들 돌아오라
거지가 되어서라도
돌아오라

눈 내리는 날

눈 내린다
마을에서 개가 되고 싶다
마을 보리밭에서 개가 되고 싶다
아냐
깊은 산중
아무것도 모르고
잠든 곰이 되고 싶다
눈 내린다
눈 내린다

제3부

다시 길을 가다

바람 부는 날

내 사랑은 오랫동안 바람 부는 날이었다
바람아! 하고
다섯 살짜리 차령이 소리친다
그 소리에
얼룩빼기 젖소가 뒤따른다
움메에

바람 부는 날
풀 보아라
나무 보아라
가만히 있지 못하는 짐승 보아라

이렇게 이 세상 흔들리고 있다
녹슨 경운기의 묵언과 더불어

어떤 기쁨

지금 내가 생각하고 있는 것은
세계의 어디선가
누가 생각했던 것
울지 마라

지금 내가 생각하고 있는 것은
세계의 어디선가
누가 생각하고 있는 것
울지 마라

지금 내가 생각하고 있는 것은
세계의 어디선가
누가 막 생각하려는 것
울지 마라

얼마나 기쁜 일인가
이 세계에서
이 세계의 어디에서

나는 수많은 나로 이루어졌다
얼마나 기쁜 일인가

나는 수많은 남과 남으로 이루어졌다
울지 마라

측백나무 울타리

오고 갈 일이 그다지 많지 않아서인지
그 길은 자주 호젓하여
울고 난 사람 같았다
슬픔이 가라앉아
지난해보다 우쭉 자란
검푸른 측백나무 울타리 일대는
그 울타리 안과 밖이
서로 딸꾹질을 주고받는 듯하다
이 세상의 몇 군데는 제대로 마치지 못한 일로 이루어졌다
그러므로 슬픔으로 나도 있고 너도 있다
설사 발꿈치로 숨쉬는 사람일지라도
남은 일에 해 저무는 줄 모르리라
늦게까지 남아 있던 새들도
제 둥지로 돌아간 뒤
한동안 귀에 아무것도 들리지 않도록
새로 울음이 잇대어질 듯하였다
지금 나는 누구의 마음으로 있고
누구의 옷을 내가 입고 있는가

측백나무 울타리 안쪽에 내가 있고
그 밖에 누가 있어
짤막짤막히 몇 마디 말을 주고받다가
아예 입 다물고도
말을 주고받는 것 이상으로
더 바랄 나위 없다
더 바랄 나위 없다
누가 깨달아 이 세상 어디에도
안과 밖 없거나
안과 밖이 하나일지라도
저 초저녁 밤하늘 천진난만한 별들이
불쌍히 여기는 내 몸이야
측백나무 울타리 안에 의지하고
그 밖은 지나가는 사람들에게 맡겨야 한다
만물은 서로 운다 울다가 손님인 양 어둠이 된다

별과 꽃

하고많은 세월
하고많이 별을 이야기해도
별은 조금도 가까워지지 않고
그냥 거기서
몇억 광년 전의 별빛을 보낼 따름이다

아무리 꽃을 노래해도
어린 시절 살구꽃을
뒷날 노래해도
그 꽃들은 좀더 오래 피어 있거나
어쩌거나 하지 않고
그냥 거기
며칠 동안 피어 있을 만큼 피었다가 져버릴 따름이다
아닌 바람에 한꺼번에 져버릴 따름이다

이런 막막한 세상을 우리는
별을 이야기하고
꽃을 노래하면서

나의 별 너의 꽃이라고 가슴 뛰놀고 있다
얼마나 비릿비릿 어린아이들의 늙어빠진 천진난만 그것인가

전화선 아래 지나가며

오 전신주와 전신주 사이의 전화선 같은 영광 있으라
언제까지나 그렇게 이어져가고 있어라
온갖 사연들
그 아래로
눈 내린다
싸락눈이었다가 점점 함박눈으로 내린다

눈보라

캄캄한 현기증 눈보라 속이었다
너 어디에 쓰러졌느냐
어디에 묻혀
온통 귀머거리
아무리 불러도 네가 없구나

고립무원의 벌판

차라리 너 눈구덩이 파고들어
땅속 파고들어
숨막혀
거기 무덤 속
고구려 벽화

네 죽은 손가락 살려내어
불 밝혀
달리는 말 탄 시절로 돌아가거라

시간이 소생이다
열두 살의 고주몽이
세운 나라
눈보라 속으로 하얗게 넓혀간 나라
활에서 화살 떠나
핑!
그토록 찬란하게 날아가거라

차라리 너 땅속 뚫고 솟아나
남으로
남으로 나아가거라 추운 아지랑이 지나
백제 미륵반가사유상
그 무언으로
멀리 멀리 사랑하였구나

사랑은 사랑의 이야기더냐
쓰러졌던 너
묻혔던 너

솟아오른 너
이제 텅 빈 바다 위 해돋이 무렵
신라 석굴암으로 날아가
그 완전무결로 푸득푸득 빛나는구나

푸르른 날이었다
푸르른 그릇마다 하늘을 담아
고려의 눈부신 숨결이었다

아무도 섬기지 않은 신처럼 새로워라
오래된 노동
오래된 수행
빈손으로 고려대장경 한 자 한 자
새겨온
숨가쁜 소원의 시간으로 푹 쉬었다
그 무지막지하던 위난의 초토에서
풀의 이름이
네 이름이었다

가까운 별의 이웃이다가
먼 별들 우러러
스스로 별이 된
네 조상의 넋으로 시린 밤 뒤척이었다
이조백자
그 숙연한 정절과 더불어
지긋이 내일의 아픔 불러다가
오늘밤 벌레 소리 넘치는구나

어찌 조선 세종의 한글로 써서
이것이다
이것이면 저것이다
서투르게 말하는 어린아이에게
놀라지 못한 어리석음이었더냐
지난날
눈보라는 네 유전이었고
이제 여기 와 날이 저문다

새들의 날개들이 공기를 춤추게 한다
오랜 돌 다듬어
그것이 생명이었고
흙을 빚어
그 정성으로 먼동 터
어머니가 아버지보다 더 운명이던 세월

오늘 지난 삼십 년 동안 잊어버린
한반도의 얼굴 찾아
제 얼굴로
실컷 밀물 같은 울음을 참아라
참을 인자 몇 자
때마침 바람이 불어닥친다

이제 그만 울음 마치고 솟아올라라
덩실덩실
팽팽한 연줄로 솟아오른 연이고저

하늘 가득히 여기저기
어느새 연들이고저
일찍이 눈보라 속이었던 날과 하나인
오늘

평화

인간이 가장 부끄러워할 이름이 있다
그 이름을
내 마음속
아라비아 사막의 뜨거운 모래 위에 쓴다
평화! 라고
몇천 년 이전
전혀 다른 시대의 낯선 글자로 쓴다
내 몸속
아프리카 오지 위의 캄캄한 공중에 쓴다

여기
한반도 휴전선 언저리
방금 날아간 새를 놓친 뒤

몇십 년 동안 녹슨 철모를 어루만지며
평화! 라고
평화! 라고
다리 하나라도 좋아라

그 다리로 목발 짚고 쓴다
모독! 이라고

순간의 꽃

*

오늘도 누구의 이야기로 하루를 보냈다

돌아오는 길
나무들이 나를 보고 있다

*

엄마는 곤히 잠들고
아기 혼자서
밤기차 가는 소리 듣는다

*

봄비 촉촉 내리는 날

누가 오시나 한두 번 내다보았네

*

누우면 끝장이다
앓는 짐승이
필사적으로
서 있는 하루

오늘도 이 세상의 그런 하루였단다 숙아

*

노를 젓다가
노를 놓쳐버렸다

비로소 넓은 물을 돌아다보았다

*

내려갈 때 보았네
올라갈 때 보지 못한
그 꽃

*

곰곰이 생각건대
매순간 나는 묻혀버렸다
그래서 나는
수많은 무덤이다

그런 것을 여기 나 있다고 뻐겨댔으니

*

갈재 밑 아이들 모여 있는 곳 어여쁜 시냇물 소리였네
머지않아
바다인 줄도 몰라

*

비 맞는 풀 춤추고
비 맞는 돌 잠잔다

*

첫 빗방울
툭 떨어지며 후박나무 잎사귀
깨어난다

이어서
이 잎사귀도
저 잎사귀도

*

겸허함이여
항구에 돌아오는 배
오만함이여
항구를 떠나는 배

*

함박눈이 내립니다
함박눈이 내립니다 모두 무죄입니다

오자노래誤字引

그 중편 속
그 단편 속
그 사 연짜리 서정시 속
반드시 오자誤字가 계십니다
하나 또는 둘
또는 셋이나 계시기도 합니다

허나
그 외톨
그 사랑받을 수 없는 외톨

그로 하여금
흐르는 강물의 춤
느닷없이 숨막혀버립니다
어이하리오
하늘 속 들녘
불어가던 바람도 삐끗
어긋나버립니다

오호라 그 외톨이야말로 일찍이 나의 꿈 아니더뇨
돌아보매
어느 시러베아들놈의
오자 한 자도 없는
가야산 해인사 고려대장경판 오천일백이십만 자의 판각
십육만 면 그 천년 불행이시여

추억 하나

사랑이든
사랑의 밑창
미움이든
그것 뛰어넘어서

너 거기 허공에 대고
총을 쏘아보았어?

나는 열일곱 살 때 용케 살아남아
미 육군 이탈사병 오웰의 M1소총으로
허공
거기 대고
세 발
네 발 연발로 쏴보았어

허공은 적이 아니더군
그 총알들 어디로 갔을까
오 킬로미터쯤

육 킬로미터쯤 갔을까
가는 동안의 직선이 포물선으로 바뀌어
끝내
검불 하나도 건드릴 힘 없이 툭 떨어질 때
거기가 내 저승일까 어디였을까

아직도 나 이승의 은산철벽銀山鐵壁 여기 줄곧 처박혀 있어

무등산

그날 저녁 퇴근 남편을 기다리다가
총소리에
사뭇 걱정이 되어
남편이 오는 길목에 나가 있다가
어이 어이없이
마구 갈겨대는 전두환 부대의 총알에 맞아
쓰러져버린 젊은 아내
그 아내의 뱃속
일곱 달짜리 아기
엄마 죽지 마
엄마 죽지 마
뱃속에서 발길질하다가
끝끝내
엄마 뒤따라
그 뱃속 목숨 놓아버린 아기의 이 세상에
무등산 있다

그로부터 어언 이십사 년

오늘 나는 전남도청 앞 분수대 언저리에 서 있다
산 한자락이 조금 보인다

개밥 주면서

달래야
오월아

날 저물었구나 이명박이 취임했구나

달래야
네 새끼 오월이가
네가 에미인 줄 모르더라
네가 암내 내면
그놈이
궁둥이 마구 올라타더라

날 저물었구나 노무현이 귀향했구나

너 또한
새끼 낳았을 때
그놈의 오줌 똥 다 먹으며
행여나 어찌 될세라 어찌 될세라

애지중지 기르더니
어느 날부터
소 닭 보듯
닭 소 보듯 남남이더라
더는 네 새끼 아니고 그냥 심심파적 수컷이더라

날 흐리구나 카우보이 부시가 떠나리라

얼마나 좋으냐
너는
몇 달 전 새끼인 줄 모르고
네 새끼는
몇 달 전 에미인 줄 모르더라

날 맑구나 푸친이 대통령 마치고 그것으로 배고파 실권 총리 되더라

정정당당하구나

더도 덜도 말고 어느 한 짐승은
0.5초의 기억만으로 살아가더라
그보다는 못할망정
몇 달 지나
제 새끼인 것 잊어버리고
제 에미인 것 잊어버리는
그 현재
그 무애

기억이란 얼마나 남루하냐
천년이나 백년 얼마나 치사하냐

오월아 달래야 얼마나 좋으냐
네 자유에 경배하고 싶어라

향수 鄕愁

벌써 산딸나무도 나비꽃들도 연달아 진다

섬마섬마

두 다리로 일어선 아기 기쁨
엄마 기쁨

아서라
이 기쁨이 어쩔 수 없는 타락의 처음 아니냐

어서 돌아가고 싶다
두 다리에서
네 다리로
두 발에서
네 발로

내 고향 멧돼지
내 고향 처량한 달밤 여우

내 고향 빈 배 보이는 할미산 할미꽃 사이
어린 도마뱀의 사려 깊은 네 발
그 재빠른 기쁨으로 어서 돌아가고 싶다

봄비

이 밤중에 오시나부다
오시는 듯
아니 오시는 듯
오시나부다

어느 아기의 귀가
이 봄비 오시는 소리 들으시나부다

봄비에 젖어든 땅
그 땅속
잠든 일개미들이 자다 깨어
어수선하시나부다
이제 막 깬 알에서 나온 어린 일개미들이 깨어나
이 세상이
무서운 줄을 처음으로 아시나부다

봄비 이 밤중에 오시나부다 오로지 내 무능의 고요 죄스러워라

인도양

운다

이 멸망 같은 적도 인도양 복판을 벗어나며
지난 오십 년을 운다

칠천 톤 참치배 뱃머리로 운다

엉엉 울음 끝
먼 마다가스카르 수평선을 본다

어느새
시뻘건 일몰
어서어서 앞과 뒤 캄캄하거라

눈 내리는 날

소월 형
지용 형
당신네들 어렴풋이 알았을 거요
인류 맨 처음의 언어가
아아
였던 것

블레이크 형
휠덜린 형
당신네들 어렴풋이 알고 있었을 거요
인류 맨 마지막의 언어가
아아
이리라는 것

지금 내 머리 위에서
어미 아비 없는 푸른 하늘
어미 아비 없는
아아

아아
이 막무가내의 아아 들이 나에게 펄펄 내려앉고 있소
저 하늘의 마지막 손수건인가보오

제4부

많은 사람들

선제리 아낙네들

먹밤중 한밤중 새터 중뜸 개들이 시끌짝하게 짖어댄다
이 개 짖으니 저 개도 짖어
들 건너 갈뫼 개까지 덩달아 짖어댄다
이런 개 짖는 소리 사이로
언뜻언뜻 까 여 다 여 따위 말끝이 들린다
밤기러기 드높게 날며
추운 땅으로 떨어뜨리는 소리하고 남이 아니다
앞서거니 뒤서거니 의좋은 그 소리하고 남이 아니다
콩밭 김칫거리
아쉬울 때 마늘 한 접 이고 가서
군산 묵은 장 가서 팔고 오는 선제리 아낙네들
팔다 못해 파장떨이로 넘기고 오는 아낙네들
시오릿길 한밤중이니
십릿길 더 가야지
빈 광주리야 가볍지만
빈 배 요기도 못하고 오죽이나 가벼울까
그래도 이 고생 혼자 하는 게 아니라
못난 백성

못난 아낙네 끼리끼리 나누는 고생이라
얼마나 의좋은 한세상이더냐
그들의 말소리에 익숙한지
어느새 개 짖는 소리 뜸해지고
밤은 내가 밤이다 하고 말하려는 듯 어둠이 눈을 멀뚱거
린다

죽은 개

불 안 들여 뜬은 방고래에서
집 나갔다던 개 죽어 있었습니다
아버지가 조심조심 들어다 뒷산에 묻어주었습니다
다음날 비가 왔습니다 비 오자 나뭇잎 컹컹 짖으며 푸르렀습니다

연

연이 떴다
정이월 큰바람에
아버지가 사온 연이 떴다
하늘까지 내 세상이었다
왼쪽에서 바른쪽으로 반원 그리며
바른쪽에서 왼쪽으로 그리며
하늘 속으로
하늘 속으로 멀리 떠갔다
실은 팽팽했다
하늘과 나는 팽팽했다
어젯밤 꿈에
작년에 죽은 만수가 나타났다
나는 하늘에 있다
나는 하늘에 있다고 했다
나는 무서웠다
다른 애들 소리치는데 신나는데
나는 땀 쥐며 무서웠다
내 연이 죽은 만수였다

나는 내 연자위를 꽉 틀어쥐고 있었다
팽팽한 실 타고 하늘이 왔다
내 발밑에는 시퍼런 보리밭이다
내 연이 보이지 않았다
하늘뿐이었다
하늘뿐이었다
끝없이 낭떠러지는 하늘 속 만수뿐이었다

우물

그 집 안에는 우물이 있어요
열 길도 넘는 우물이 있어요
그윽한 분례네 집
분례 어머니 박꽃처럼 환한 분례 어머니하고
어린 분례하고 옥잠화하고
단 두 식구 살고 있어요
젊은 과수댁이라
말 한마디도 삼가고
한여름 등물도 한 적 없어요
그 분례 어머니가
열 길 우물에 묵직한 두레박 내려뜨려
길어올린 검푸른 물
그 물의 고요와 그 무서움
심부름 가서
한 모금 마시고 나면 온몸 떨려요 두근두근대어요

나운리 가게

외삼촌이 나 자전거 태워
십릿길 갈 때
나운리 가게 앞에서
외삼촌은 물 얻어먹고
나는 눈깔사탕 사줘서 입에 넣었다
먼지 쓴 유리상자에
눈깔사탕 여남은 개 있었다
명태 한 축도 시렁에 얹혀 있었다
가겟방 미닫이문 창호지에
유리가 박혀
방 안의 눈동자가
나를 바라보고 있었다
외삼촌의 돈 거슬러주려고
가게 주인 미닫이 확 열었을 때
거기에 주인 딸
단발머리가 앉아 있었다
서본 적 없는 앉은뱅이 앉아 있었다
별 못 보아 초저녁 달같이

하얀 얼굴로 앉아 있었다
나는 다시 자전거 뒤에 타고 가는데
그 얼굴이 끝까지 바라보고 앉아 있었다
지나가는 사람 보며
앉아서 큰아기 되어
세상을 깊이 서러워할 것도 없이
지나가는 사람 보며 앉아 있었다

물캐똥이

다 일 나가고 없다
어린것 혼자
처마밑에서 지렁이 건드리며 논다
그러다가
지렁이 가면
흙 파먹으며 논다 잘 논다
마을 전체가 텅 비었다
씨암탉이나 한 마리
그놈도 혼자 있고
어린것도 혼자 있다
아직 호적에도 안 올린 놈
이름도 없는 놈
물캐똥 잘 싸니 물캐똥아 물캐똥아라 부른다
혼자 놀다가 맨땅에서 자고
그늘 벗겨져 깨고 나서
한번 울어본다
아무도 운 줄 모른다
그러나

이것이 외로움이 아니라 믿음이다
혼자 두어도 잘 자라는 믿음이다
혼자 놀아도
이 세상과 함께 있는 믿음이다
그러지 않고서야
어린것 물캐똥아
그러지 않고서야
그러지 않고서야

소경 분례

잿정지 문종안이 딸
세 살 때 소경 되어
스물일곱 살 먹어도 누가 데려가야지
늘 툇마루 걸레질이나 하며
늙은 부모 굽은 허리로 일 나가면
집이나 보는데
볼 것도 없는 집이나 보는데
그런 때 짓궂은 아이들 풍뎅이 잡아다
떡 하나 줄게 입 벌려봐
하고 풍뎅이 넣고 도망친다
또 그런 때 짓궂은 동네 어른 스며들어와
앞 못 보는 분례 슬슬 건드린다
어찌 이렇게 잘도 생겼어 하고
젖가슴에 손 넣어 지랄하고
치맛단 들춰보다가
그것만은 찔끔 막는다
하지만 소리 한 번 안 지르고
그런 짓 저런 짓 견디며 고요하다

그런 어른
그런 짐승 정신차리고 돌아가면
그때서야 혼자 눈물 흘린다
소경 눈에도 눈물 있어
눈물 한 방울 흘린다
거미 내려와
곧은 거미줄 끝에 매달려 꼼짝하지 않는다

머슴 대길이

새터 관전이네 머슴 대길이는
상머슴으로
누룩도야지 한 마리 번쩍 들어
도야지 우리에 넘겼지요
그야말로 도야지 멱 따는 소리까지도 후딱 넘겼지요
밥때 늦어도 투덜댈 줄 통 모르고
이른 아침 동넷길 이슬도 털고 잘도 치워 훤히 가르마 났지요
그러나 낮보다 어둠에 빛나는 먹눈이었지요
머슴방 등잔불 아래
나는 대길이 아저씨한테 가갸거겨 배웠지요
그리하여 장화홍련전을 주룩주룩 비 오듯 읽었지요
어린아이 세상에 눈떴지요
일제 삼십육 년 지나간 뒤 가갸거겨 아는 놈은 나밖에 없었지요

대길이 아저씨더러는
주인도 동네 어른도 함부로 대하지 않았지요

살구꽃 핀 마을 뒷산에 올라가서
홀적삼 처녀 따위에는 눈요기도 안 하고
지게작대기 뉘어놓고 먼 데 바다를 바라보았지요
나도 따라 바라보았지요
우르르르 달려가는 바다 울음소리 들었지요
찬 겨울 눈더미 가운데서도
덜렁 겨드랑이에 바람 잘도 드나들었지요
그가 말했지요
사람이 너무 호강하면 저밖에 모른단다
남하고 사는 세상인데

대길이 아저씨
그는 나에게 불빛이었지요
자다 깨어도 그대로 켜져서 밤 새우는 불빛이었지요

죽은 나무

여름에 안 나온 풀 있나 잎새 있나
다 나와서
이 세상 꾸며
없는 힘 내어 푸르른데
그중에는
일찍 세상을 그만둬버리고
죽은 나무 있다
온 누리 녹음 가운데
죽은 나무 있다
상렬이 아버지
풍끼 있어
말 잘 안 듣는 몸이라고 그냥 놀리지 않고
그 몸 끌고 다니며
죽은 나무 낫으로 솎아낸다
죽은 나무가 산 나무보다 베기 어려운데
그런 나무 하나 없애면
그 일대가 온통 살아난다
죽은 나무 하나가

산 나무 무색하게 만들더니
이 세상 껄쩍지근하더니
병든 사람 하나로
한 집안
한 마을 수심 차더니
그 사람 상여 태워보낸 뒤
산 사람들 새로 태어난다
상렬이 아버지
남에게 칼 가는 숫돌 한번 안 빌려주던 영감도
이런 날은 마음이 열려
야 우리 논에 고기 많다 잡아다 지져먹어라
부디 나락포기는 절딴내지 말고

반나절 고개

나운리 미제 사이 독점고개
황톳길
눈 녹는 날
그 고개 넘으려면
발 푹 빠져 반나절 걸린다
그래서 반나절 고개
비 온 뒤
그 고개 넘으려면
반나절도 더 걸린다
그래서 반나절 고개
진흙이 사람 발 안 놓아준다
빠졌다가 자빠졌다가
천하에 둘 없는 양반 거들먹거리는 양반
나운리 김재홍 영감땡감아
독점고개 한번 넘어보아라
네가 양반인지
황토구더기 진흙인지
반나절 고개 넘어

자갈길 나서면
토탄 캐는 논 바라보며
자갈길 나서면
그때의 맛이라니
살맛이라니
걸음에 새 힘 나서 성큼성큼
발굽에 바람 나서
김재홍 영감땡감 손자 손녀야
너희들일랑 제발 우자부리지 말어라
이 세상은 함께 사는 세상일 터
제발 덕분 누구네 업신여기지 말어라
땅 밟는 주제에
땅에 묻힐 주제에

2학년 담임선생

가네무라 선생
전주사범학교 나와
우리 학교에 부임한 가네무라 선생
국민복 입으면
몸이 옷 밖으로 튀어나올 듯한 가네무라 선생
아이들이 음악시간 풍금 들고 오면
그 풍금 치며 노래할 때는
목울대 유난히 떨려
도둑질하고 무서워 떤다고 여기게 했던 가네무라 선생
조선 사람인데
조선말 한마디 쓰지 않고
빠가야로
빠가야로
하루도 빼놓지 않는 빠가야로
아이들한테 손찌검은 없어도
걸핏하면 벌주어
2학년 교실 복도에는
두 손 들고 서 있는 아이들 수두룩하다

그런데 누군가가 알려주었다
가네무라 선생의 조선 이름은 김지웅이다!
그때 우리는
하늘같이 무서웠던 가네무라 선생이
우리하고 하나도 다를 것 없는 조선 사람임을 알았다
신촌 도요하라 시게오란 놈이
비 오는 날 실내 조회 첫머리에 일어서서
선생님 진짜 이름은 김지웅이지요? 하고 물었다
그는 새빨간 얼굴로
아이들 팔십 명 다 손바닥 펴게 하여
회초리로 세 대씩 때렸다
빠가야로
빠가야로

김병천

유태 봉태 아버지
우리 동네 이사장 구장 이장 다 거치고도
이사장양반 이장양반이라고 부르는 어른
일본책 루소 에밀 읽은 어른
숙고사 조끼 입고
놋대야에 얼굴 들어 세수하던 어른
그 어른 배다른 삼형제 다 사상가 되었다가
6·25 9·28 직후
동네 치안대에 잡혀와서 갇혔는데
동네사람한테 늘 존대받고 살아오다가
청풍 김씨 헛간에 갇혔는데
그 치욕에 못 견디어
두 팔 등뒤로 묶인 채 뛰쳐나와
화톳불 활활 타는 밤중
그만 아홉 길 우물에 몸 던져버렸다
횃불 비쳐
동아줄 매고 내려간 형덕이
건져내어 내던진 송장

이 세상의 누구하고도
다 끊어진 채
입 다문 송장
김병천 이사장의 송장
그 송장 가마니 덮어두고
사람들 술 취했다 고래고래 소리쳤다
송장더러
야 이놈아 병천아
네 논밭은 이제 내 것이다
네 딸년 내 차지다
네 집
네놈의 묵은 살림살이 다 내 것이다
야 병천아
어디 살아나 내 말 들어보아라
이 백번 뒈져 쌀 놈아
그러나 죽은 자가 산 자를 이기는지
고래고래 소리치다가
다 입을 봉해버렸다

새벽 한때
이 세상도 함께 죽었다

귀녀

우리집에 가마니 치러 오는 용녀 동생 귀녀
새터 귀녀
어머니하고 짝이 되어
가마니 치러 오는 용녀 대신 오기도 했다
누가 박한 소리 해도
그 둥글넓적한 얼굴에는 내색 없다
누가 뭐라고 해도
한번 들으면
들은 것 깊이 들어가 나오지 않는다
언니 동백기름 얻어 바른 머리 곱게 땋아내린 귀녀
가마니 치고 갈 때
어머니가 말했다
용녀가 복덩어리면
저년은 떡덩어리라고
저 팡파짐한 년 누가 데려갈까
저 목단꽃 같은 년
참 내 건달한테서
저런 딸들 태어났으니

그 무슨 조화 속인지
귀녀 가는 길
아주머니 욕보셨어요 하는 말소리
맑은 물소리
나는 귀녀네 식구가 되어
귀녀네 부엌 아궁이
함께 불도 때고 싶었다
귀녀가 싸는 뒷간에 가서
나도 똥 싸고 싶었다

원수

금단이 어머니
잠들기 전 베갯머리
밤에는 미운 사람이 더 밉고
그리운 사람이 더 그리워진다
작년에 돈벌이 한다고 떠난 영감
밤에는 더 그리워진다
편지 한 장 없는 영감
하기야
낫 놓고 기역자 모르는데
막 방에 들어와
바로 옆에 누워 있는 듯한 영감
팔 뻗어보아야
솜 뭉친 이불 껍데기뿐이다
함께 살아야
걸핏하면
손찌검에 매질에
멍들 뿐인데
그 퍼런 멍 들고 싶게

밤에는 그리워진다
엊그제 장에 갔다 오는 길
밤길
백두개 고개에서
빈 광주리 이고 오다 부딪친 사람
재작년 물꼬 싸움에
영감 어깨 삽으로 찍은 사람
그 사람
아니 누구여
아무리 밤중이라도
눈이 있는 법인데 하고
가버린 사람
그 사람까지 생각나서
당장 달려가
옥정골 달려가
그놈을 호미로 찍어버리고 싶었다
그리움에 포개어
미움이 있다

어둠에 미움이 가득해진다
그리운 영감!
그리고 그놈
그 원수!

밤 꼬박 새워서 영감 생각에 늦잠 들고
원수 어디로 가버렸다
그리움과 미움 다 허깨비인가

재선이 어머니

추운 날
싸락눈 쳐 맵고 추운 날
우리 동네 가장 아리따운 재선이 어머니
우리 동네 가장 아리땁고 여린 재선이 어머니
그 자그마한 얼굴에
웃음 가득히
슬픔 가득히
여기나 저기나
울타리도 없는 친정 다녀오는 길인지
어린 재선이 업고
포대기 씌워
그 안의 어둠 속 재선이 잠 깨어 있는데
그 어둠과 함께 오다가
동네 남정네 만나
길 비껴 고개 수그렸다가
어디 다녀오는 길이오 하고 인사말 받고
기어들어가는 소리로
겨우 예 친정에

하고 대꾸해야
그 소리 들릴 리 없다
방금 쓰려고 꾸어온 돈인데도 그 돈 꾸어달라 하면
그러세요 먼저 쓰세요
내주고 나서
나보다 더 딱한 사람도 있네 한다
또 동네 남정네
어쩌다가
재선이 어머니 얼굴에 대고
어찌 그리 보리밥 먹고 그리도 이쁘시던가
수작해도
얼굴 찡그리는 일 없이
우리 재선이 칭찬이나 좀 해주세요 한다
항상 눈 안에 꿈인지 밀물인지 고여나
그 젖은 눈빛으로
무정한 가난도 겨울도
반신불수 남편도
잘 섬기며

추운 물에 언 손 드나들며
소한 대한 빨래에
그 힘찬 빨랫방망이 소리
그 빨랫방망이 소리 겹겹의 메아리

점백이 누나

사돈네 팔촌이 아니라
그냥 팔촌 누나
점백이 누나
언젠가 저고리 벗은 것 보았는데
겨드랑 밑
하얀 살에
검푸른 점 박혀 있었다
얼굴에 점 하나 박혀
그것만으로 점백이인 줄 알았는데
그 누나 병들어
학교도 작파하고
약 먹다 안 먹다 하며
그 탐스러운 몸
하얀 살 시들어가며
어서 뒈져라
하고 속상한 어머니 소리질러도
아무렇지도 않게 시들어가며

그러던 어느 날
한 소나기 바로 뒤
옥정골 쪽과
멀리 선제리 쪽에 걸린 무지개
마음먹고 걸린 무지개
그 무지개 허리에 걸린 쌍무지개
아무래도 나중 것 수무지개가
힘있고 찬란하였다
일곱 색이 아니라
그 이상 아홉 색 열 색이었다
그 쌍무지개 바라보며
눈물나던 점백이 누나

다음다음날 눈감아버렸다
윗목에 밀어놓았다가
갖다 묻었다
이 고장에서 사람이란 흙이었다

춘자

군산 히빠리마찌
놀다 가
놀다 가
잡아당기는 갈보굴
거기에는 입이 커
얼굴에는 입만 달린 춘자 있다
그런데 춘자는 숫총각만 노린다
숫총각이라면 술값만 받는다
어쩌다 벌벌 떨며
얼굴 새빨개지는 숫총각 걸리면
아이고 어젯밤 용꿈 꾸었더니
진짜배기 숫총각 걸렸구나
하고 어깻짓 요란하다
그러나 숫총각이라고 했다가 아니면
그 사람은 뼈도 못 추리고 나와야 한다
이 자식아
하필 해먹을 짓이 없어
숫총각 사기쳐먹어

그렇게 있는 것 없는 것 다 털리고 나와야 한다
나오는 등짝에 굵은소금 한줌 뿌려
너 같은 자식 다시 오지 마
하고 욕 퍼부어댄다
그러나 진짜배기 숫총각이면
사랑 끝내고
네 친구 데리고 와
너보다 더 어린 놈 데리고 와
그러면 내가 언제든지 공짜 줄 테니
목쉰 소리
붉은 입술 짜가사리 입술
사내란 사내 다 잡아먹는 입술

그러나 춘자 방으로 들어가면
촛불 밝혀놓고
밤 대추 나누어 먹고
신방놀이를 한다
그러고 나서

너보다 더 어린 놈 데리고 와
그러면 돈 없이 와도
언제든지 내가 술 주고 다 줄 테니
나는 헌 사내 진절머리난다
그것들은 싸가지 없고 더럽고 의리 없다
그것들은 사기꾼이다
숫총각 봉지 뜯은 뒤로는
사내는 다 그렇고 그렇단다
너도 그럴 것이다
너도 그럴 것이다
이 숫총각 봉지 뜯긴 자식아

용둔리 찐득이

박석태
이 찐득이
죽은 지 삼 년 된다
찐득이 제삿날
동네 우물마다
오늘이 찐득이 제삿날이여
찐득이 제삿날이여

오라고 하지도 않았건만
꾸역꾸역 판에 끼어들어
두부 다 먹고
김치 다 먹고
술도 다 먹고
저하고는 아무 상관 없는
이야기 다 듣고

밀어내어도
밀려났다가 다시 오고

또 밀어내어도
또 밀려났다가 다시 오고
저하고는 아무 상관 없는 잔치에
찐득찐득 늘어붙어
실속 차릴 것 다 차리는 찐득이

그러다가 젊은이한테 맞아
코피 주르륵 흘려도
쑥잎으로 콧구멍 막고
다시 들어서서
잔칫상 한 자리 차지하고
굴비 찐 것 건드리고
부꾸미 한 장 걸어 먹고
쇠고기산적 먹고
끄르륵 트림한다

그렇게도 홀대받아도
그렇게도 괄시받아도

그런 것 막무가내로
제 실속 차리는 찐득이

누군가가 그 성질 간파하여
못 받을 빚 받아오라 해서
빚진 집에 가서
아무리 몰아내고
도망치고
몽둥이로 쳐 몰아내어도
기어이 들어가
아랫목 차지하고
사흘 누워 있다가
밥도 안 먹고 누워 있다가
기어이 돈 받아가지고 돌아왔다

그 찐득이 박석태 죽어
제삿날이었다
오마나

찐득이 귀신 우물 속에 있는가
두레박이 안 올라오네

신석공이

아무리 무지막지한 싸움일지라도
그 사람만 가면
그 싸움 어찌어찌 가라앉는다
지랄병 난 사람
다 나 몰라라 하는데
그 사람이 업어다주어
퉤 퉤 침 뱉으며 돌아선 뒤
마을이 예대로 고즈넉하였다
평생 남의 일 해주고
남의 마음 달래주고
제 그림자마저
남을 위해 있다가
이 세상 떠났다
대천 신석공이

인공 때
그 인공에 가담했다
그것으로 오 년 동안

대전형무소 조용조용 살고 나왔다
고향에 있다가
서울 가서 살다가 병나
밤중 서울에서 대천까지 오는 택시 안에서
그만 홍성 못 미쳐 숨 넘어갔다

그 신석공이 시체 업어 내린 날
하루 내내 동네사람들 일손 놓았다
그 신석공이 묻히는 날
동네사람들 다 와서 세 번씩 곡하였다

마침 추석 전날이 장렛날인데
다음날 추석날도
누구 하나 즐겁지 않았다
마을에 한숨 찼다

이불 없는 늙은이한테
이불 주어버리고

겨우내 덜덜 떨던 사람
신석공이

상이군인

제기럴 것
남 안 간 군대 갔다 왔는가
남 안 간 군대 가서
다리에 총알 박혀 빼내고 왔는가
늘 상이군인
상이군인 하고
상이군인 팔고 다녔다
이달봉이란 놈

가슴에 상이기장 달고 우자부리고 다녔다
송방집 앞에서
지나가는 장꾼 불러 시비 청했다
지나가는 젊은이
노무대 나갈 나이의 사내 불러
으름장 놓았다
처녀 불러 도민증 보자고 을러댔다
그러다가 처녀 하나 강제로 욕보이기도 했다

되지 못한 싸움에 갔다 와서
되지 못한 수작으로 세월 보내는 놈
이달봉이란 놈
아무 집에나 가 며칠씩 밥 먹고
술 내라 해서 술 먹고
옷 빨아
다리밋불에 사지쓰봉 다려 입고
그 동안 고마웠다는 인사 한마디 없이
침 탁 뱉고
사립문 발길로 차고 나갔다

그야말로 병신 육갑하던 세월
1950년대 중반이었다
그 이달봉이란 놈
그놈도 그놈이지만
그놈 어미도
제 자식이 무슨 큰 벼슬했다고
동네 이웃에 대고 아쭈 거들먹댔다

정작 군대 나가
죽은 자식 둔 집에서는
한숨만 쉬는데

해설

오십 년 동안의 사춘기

김형수(시인·소설가·문학평론가)

0. 목격자들

고은의 시는 표절할 수 있지만 고은의 생은 표절할 수 없다. 그에 대한 목격담은 왼쪽에서 보나 가운데서 보나 오른쪽에서 보나 외수없이 '전대미문의 돌발사태'였던 것으로 묘사된다. "파옹은 문단의 토우목마(土牛木馬)와 달라서 그 자체가 문화였다. (……) 파옹의 정체를 집대성이라 하는 것은 물론 그의 뛰어난 미술감각이나, 조예가 마당에서 은막에 이른 연예감각 내지 관심이 논밭에서 장터에 이르는 생활감각까지, 전(廛)마다 판을 벌이고 있는 종합단지적(綜合團地的)인 대중성의 완곡한 표현이 아니다. 파옹에게도 대중성이 있었던가." 이는 이문구의 것(「문화의 집대성」, 『고은을 찾아서』, 버팀목, 1995, 31~33쪽)이요, "그의 가면은 일상성 위에 세워져 있다. 그 가면 뒤에서 그는 그의 두 손과 가슴을 지극히

난해한 상형문자로 양각해놓고 있다. 그 양각된 선과 홈 사이에 얼마나 많은 그의 미지(未知)가 숨어 있는 것일까?"는 김현의 기록(「고은의 전설」, 같은 책, 41쪽)이고, "시인은 전보(電報) 같다. 본질적으로는 '익사(溺死)' 같은 삶 속에서도 그 삶을 역행하는 '전광석화'를 만들어내는 기적의 부족(部族)들, 오십육 세에도 불구하고 시인 고은에게선 바로 그 눈부신 '번개'가 목격된다"는 강유일의 증언(「쓰지 않으면 살 수 없는 자」, 같은 책, 73쪽)이다. 호흡이 고른 산문가들조차 운문적 신명에 들뜨게 하는 데생 소재는 고은밖에 없을 것이다.

이렇게 놀라운 보고서들이 있음에도 불구하고, 우리는 늦게 태어난 덕에 더욱 풍부해진 문학적 '불완전 동사'를 증언하고 재해석하는 행운을 갖게 되었다. 물론 쥐가 코끼리를 읽어야 하는 부담이 없지 않다. 그 종잡을 수 없는, 들끓고 저항하고 가로지르는 족적을 외눈으로 보면 일목요연할 것이며, 철이 덜 난 눈으로 보면 단순할 수 있을까? 나는 오늘, 타자기와 워드프로세서를 지나 노트북 자판에 타이핑하는 시대에 아직도 까마득한 만년필의 연대기를 구가하는 조부(祖父) 급의 시인을 '현재진행형의 사춘기'로 명명해보고자 한다.

1. 카오스

사춘기의 나이에 사회교육에 포섭되지 않고 곧장 세계 속으로 투신한 사람들의 이야기는 하나같이 드라마틱하다.

스위스의 한 '사춘기'는 열여섯 살에 집을 나서서 방랑을 시작한다. 길게 오래 프랑스를 떠돌다가 열세 살 연상 여인의 후원을 받아 독학으로 음악과 라틴어 그리고 철학적 지식을 습득하는 게 스물세 살. 나중에는 그 여인과 연인관계를 유지하며 수년간 함께하고, 노년의 저작에서 '이성으로는 포착할 수 없는 존재의 확실성에 대해 진술'하는 데 성공한다. 또 한 사람, 벨기에 소년은 열여섯 살에 학업을 중단하고 가출을 선택했다. "이제 난 가능한 최대한 방탕하겠다." 왜냐? "시인은 길고, 거대한 타락에 바탕을 둔 모든 감각을 통해 선지자가 되는" 존재란다. 까닭에, 유럽을 넘어 근동 지역과 중앙아시아를 누볐던 파란만장한 주유천하, 식민지 군대, 석수장이, 수출업, 심지어 에티오피아 왕을 위한 무기판매업 그리고 아직 탐험되지 않은 아프리카 지역에 관한 지리학회 보고문 작성 등의 직업에 종사했다. 그러고는 가위 '폭발'이라 부름 직한 천재성으로 모호하고 비의적인 현대시의 원조 언어를 창조해버린다.

사춘기로 시작하여 그 상태 그대로 '영원'이 돼버린 듯한, 바로 이런 유형의 삶을 우리나라 독자들은 망설임 없이 '고은 식'이라고 분류할 것이다. 과연, 열여덟 살부터의 자살소동과 함께 미군 항만운수과 검수원, 엿장수, 중등 교사, 거지,

승려, 시인, 정치범으로 이어지는 파란만장이 고은의 경로였다. 그를 통해 기백 권에 이르는 창조적 저작물을 거둔 행적을 우리는 어떻게 바라봐야 하는가?

한국 지식인 상에 이르는 길은 수를 헤아릴 수 없이 많지만 고은에게 통하는 코스는 어디에도 없다. 도대체 어떤 지식인이 집단적 위선을 공격하기 위해 '위악'을 무기로 드는 야만적 도발을 감행할 수 있단 말인가? 당대의 교양이 삶을 열망할 때 죽음을 꿈꾸고, 희망에 도취할 때 회의를 찬미했던 그의 파괴적인 행보는 그러나 놀라울 정도로 생산적이다. 허나, 그것을 한국 지성사에 기록하는 것에 나는 찬성하고 싶지 않다. 벌판의 비바람을 홀로 견딘 나무와 정원사의 보호 속에 자란 나무를 한 줄에 세우는 잘못 때문이다. 고은의 자취는 신작로도 이정표도 없이 황야를 가로지른 한국 야성사의 도전과 고독 속에 기록되어야 한다.

이미 있었던 길은 혼자 걸어도 수많은 발자국이 동행하지만 길 없는 광야는 오직 혼자인 자의 그림자밖에는 없다. 시력(詩歷) 오십 년! 그 머나먼 시간 속을 고은은 루소처럼 늘 '체제, 제도와 함께'가 아니라 '홀로' 걸었다. 그러면서 '고독한 산책자의 몽상'인 듯 그가 저잣거리에 흩뿌려놓은 무수히 많은 축복과 모멸의 시간들은 고스란히 한국 현대시의 나이테가 되었다.

2. 야성의 비밀

천재들은 보석처럼 빛나는 오류를 길에 뿌리고 다닌다. 고은은 특유의 오류(대표적으로 문법 무시)를 앞세워 분단국가를 지배하는 온갖 명제들의 가면과 허명을 수정해왔다. 주류 판매가 금지된 서울대학교는 중학교 중퇴에 불과한 시인 하나를 초빙하기 위하여 무소불위의 권위를 예외적으로 유보했다. 이 부끄러움 잘 타는 '음주강연자'로 하여금, 생의 매순간마다 명분보다 육감을, 순응보다 도발을 선택할 수 있게 하는 권력은 누가 부여한 것일까? 도대체 언제 어디서 어떻게 하여 이같은 태도가 탄생할 수 있었는가?

그 전사(前史)는 선사시대 이야기처럼 아득하기만 하다. 아직 세상사에 참여하지 않고 있던 자연인 고은태는 군산중학교를 수석 합격한 천재였지만 당시의 사회로부터 어떤 유형의 가치지향성도 선험적으로 상속받지 않은 상태였다. 이유를 추정하자면 먼저 걸리는 게 전쟁인데, 그는 1950년 여름에, "남한체제는 좌익 인사를 학살한 뒤 후퇴하고, 인공은 가을에 우익 계열의 주민을 학살하고 도망치며, 다시 돌아온 우익이 도망친 좌익을 수색 검거해 사형(私刑)과 학살을 거듭함으로써 몇천 년의 농경 공동체가 하루아침에 해체되는" 현실을 목격했다고 말한다.(「내 시의 행로」, 『우주의 사투리』, 민음사, 2007, 151쪽) 그뿐이라면 착하고 조숙한 휴머니스트였던 것으로 치부하고 가도 되련만, 그는 또한 이미 콜레라로 환자를 격리했던 문명의 야만성, 체제적 상식과 교양의 폭력성을 경험했다고 술회해놓고 있다.

이런 태도, 운명적 환경의 거부, 천재지변적 상황의 부조리조차 수용하지 않는 저항을 우리는 흔히 사춘기적 반항이라고 한다. 그의 사춘기적 기질은 생애 내내, 흔히 초기·중기·후기로 나뉘는 고은 연대의 분류법을 초월하여 발현된다. 그에게서 루소의 '자연상태의 인간'과 같은 '고귀한 미개인 상'에 대한 숭배 의지는 폐기된 적이 없다. 곰곰이 보면 언제나 그것이 본문이었고 시는 그 표지였다. 그가 지상의 무대에서 외치는 신들린 대사들을 보라!

> 실제로 나는 폐허와 바라크 노천 술집 그리고 벌거숭이 산등성이 길을 떠도는 부랑자의 혼으로 살아가지 않으면 안 되었다. 태양은 늘 일그러진 채 황량한 땅에 그 빛살을 내리꽂았고, 달은 늘 배고픈 늑대의 절규를 들어야 했고 그렇게 삼라만상의 숨결을 빨아들여야 했다.(「내 시의 행로」, 같은 책, 155쪽)

훗날, 생의 극적 전환점으로 강조되는 '전태일 체험'조차도 그가 민중운동사로서가 아니라 '자살의 뉴스'로 받아들였음을 주목하지 않으면 '고은론'은 기존의 해석처럼 계속 이데올로기 중심으로 편집될 수밖에 없다. 그는 나이 어린 대승적 자살자가 준 숭고한 영감을 통해 자연적 존재에서 시민적 존재로 승화되었을 따름, 삶의 태도만큼은 노년까지도 '홀로' 일 것을 명하는 자기 자신의 법률에 복종하고자 했다. 그러지 않고서야 어떻게 저 황당한 '고은 문학사'가 성립될 수 있었겠는가?

3. 성난 얼굴로 돌아보라

고은의 문단활동은 초기부터 화려했지만 늘 피투성이였다. 1958년 그의 「폐결핵」을 맞은 한국 시단은 당시 서구의 19세기적 허무주의에 취해 있었다. 다들 '전후(戰後)'라는 수식 아래 통합되었는데, 고은은 이를 "모든 것이 파괴된 폐허와 초토 그리고 인간의 심성이 치명상을 입게 된 상태에서 그 시대에 대한 현실인식과 역사의식 자체를 유지"시켜준 시대정신의 하나로 술회한 바 있다. 나도, 한국의 전후정신이 유럽에서 유통된 진품보다 더 절실한, 어쩌면 더 진정할 수 있는 '짝퉁'이었다고 본다(한반도는 20세기의 세계질서를 대리하고 축약한 냉전의 최전선이었다). 나아가, 작가들 스스로 한국전쟁을 체험했다는 전후 의식으로 2차세계대전을 겪은 유럽의 전후와 연대감을 가졌으니 일제 때를 빼고 나면 우리 시가 국제감각을 터득하기 시작한 것도 그때부터라고 볼 수 있다.

중요한 것은 고은의 초기 시가 그 복판에서 사랑받았다는 점이다. 불교적 발상 위에 얹힌 그의 세련된 모던감각은 서정주와 김수영의 상반된 총애를 전혀 과분하지 않게 했다. 시절은 분명히 한국 현대시사의 아침나절이었고, 대다수 시인들에게는 아직, 식민지를 겪었음에도 불구하고 대지의 온전성과 모국어에 대한 자각이 없었다. 교과서는 주요한의 「불놀이」로 근대시가 시작되었다고 가르치고 있었지만 그것은 말뿐, 전래해온 서정 장르의 틀은 새마을운동의 융단폭격에도 끄떡없는 초가지붕들과 함께 지속되어서, 다분히 심정적이고 관조적이며 풍경 그 자체에 의존하려는 시풍이 외래 시의 홍수 속에서도 여전히 '미학적 봉건 잔재'(?)로 남아 있었던 것이다. 이 궁벽한 세계문학의 오지를 빠져나간 흔적이 고은 문학의 궤적이었다.

당연히 그는 탈주의 야심 때문에 자주 두 갈래의 동료들에게 모독적으로 굴었다. 전통주의자들에게 시는 눈앞의 세계에 대한 감흥을 표현하는 장르였으므로 행과 연을 짜가는 데에 백화점의 상품 진열원리와도 같은 디스플레이의 콘셉트가 필요 없었다. 한국 시에서 적어도 '형상 배열을 위한 구성의 콘셉트'가 사용되는 것은 데카르트적 영혼들이 출현하여 예술의 몸통도 '건축공학적으로 구축'하는 방식을 취하고부터이다. 하지만 한국 시들도 논리적 분석적 조작적 자아를 얻자 시적 화폭 또한 금방 서양회화처럼 원근법에 기초한 소실점 작도법 같은 구조를 갖게 된다. 리얼리즘과 모더니즘의 각축도 그 안에서 일어났다. 그것을 근대성이라고 하든 '포즈뿐인 근대'라고 하든 하여튼 한국 시도 나날이, 바로 유럽 시단이 그러했던 것처럼 특히 프랑스 낭만주의를 전범으로 하는

'현대식 구조'를 겉모양으로 갖추는 것이다. 그리고 그러한 미의식은 작자와 독자의 오랜 습합으로 제도화되면서 우리 문화의 흐름을 주관에서 객관으로, 관념 지향에서 감각 지향으로 이동시킨다.

이같은 길을 고은은 반항아로 동행했다. 서정주의 토착적 언술을 높이 사지만 거기에 밴 성찰 불능의 '노예체질'을 능멸했으며 김수영의 이성적 감각을 존중하지만 거기에 결여된 파란과 신명의 세계에 사로잡혔다. 그러고는 열심히 한국 시의 관행과 안전에 대항해 '고의적 긴장관계'를 유지했다. 이 고의적 갈등을 다른 말로 '문학운동'이라 표현할 수 있다면 어쩌면 그는 한반도에 거주한 '비트제너레이션'이었다고 해도 될 것이다. 아니, 독불로 한국적 '비트제너레이션'을 운동했다고 말해도 좋다.

그러나 불행하게도 그에게는 이 천재적 발상을 숨죽인 채 주목하고 갈채를 보내줄 객석이 없었다.

4. 우주의 사투리

1990년 여의도 여성백인회관에서 개최된 '고은·긴스버그의 밤'은 그의 체질에 맞는 무대가 어떤 것인지를 한국 독자들에게 보여주었다. 1950년대 미국 서부에서 있었던 기존의 서구적인 것, 미국적인 것을 거부함으로써 샌프란시스코 르

네상스를 구가했던 '비트제너레이션'과 고은의 청진동 시대가 한자리에서 협연된 사건이야말로 훗날 고은의 어느 책 제목이 암시하듯이 한국의 시인도 '우주의 사투리'를 말한다는 확인과 국제화의 충동을 이끈 배경이 되었다. 나는 그 밤 행사장에서의 기억이 소멸한 후에도 고은과 긴스버그가 함께 사진을 찍던 모습을 자주 떠올려보곤 했는데, 둘을 동 궤에 묶을 수 있는 끈은 어쩌면 루소가 유럽 현대시에 제공한 영양소 같은 것이 아니었을까 한다.

> 그가 상상을 초월할 정도의 열정으로서 주장하는 절대적 자아는 자신과 사회 사이의 균열을 초래한다. 그 균열은 그의 인격의 병리학적인 전제조건하에서 발생한 것이기는 하지만 이미 초개인화되어버린 그 세대의 경험과도 명백하게 일치한다. 규범적이 되기보다는 차라리 증오를 감수하겠다라는 원칙을 세울 수 있을 만큼 자아와 세계 사이의 필연적인 화해 불가능을 굳게 확신하면서 비규범성을 자신의 사명의 담보로 삼는 것이다.(후고 프리드리히, 『현대시의 구조』, 장희창 옮김, 한길사, 2008, 38쪽)

오늘날 고은의 시가 발하는 몇몇 장점들은 한국 시가 모국어의 바깥에서 존중받아야 할 이유를 충분히 웅변한다. 그 하나로, 마치 김삿갓 같은 인간형을 연상시키는 그의 화자들이 항용 '정착태'이기보다 '이동태'인 것을 '행려'적이라고 진단하는 것은 본말을 흐리는 것이다. 정착과 유랑, 머물러서 안정을 얻는 영혼과 돌아다녀서 자유를 누리는 영혼은 같지 않다. 행려자는 정착의 자유를 잃었기 때문에 떠돌지만 유목민은 이동의 자유를 얻어서 떠돈다. 고은의 화자에게는 실패자의 탄식이나 행려자의 낙오의식이 없다. 뿐만 아니라 그에게는 일찍부터 만주를 낀 광활한 대륙을 자신의 영토로 삼으려는 탈주의식(脫走意識)이 있었다. 고은 식 서정이 끝없이 길 위에 놓이는 까닭이 여기에 있다.

또하나는 그의 독특한 언술체계인데, 사실, 그가 한글 전용 문제나 우리말 바로쓰기, 국어순화운동 따위에 집착한 적은 없다. 하지만 그의 모국어에 대한 자의식은 도전적이다 못해 오만할 만큼 독보적이다. 그것은 맛깔스런 우리 낱말을 죽이지 않고 살리자는 민족어 수호 차원이 아니라 근대식 언문일치로 우리글의 규범과 틀을 창조했다는 이광수 이래의 문장질서를 송두리째 전복하는 지점에서 미덕을 발휘한다. 그래서 그의 언어에서는 종종 원시 인류가 야생의 벌판에서 내지르던 즉자적 발성기호에 대한 그리움이 배어난다. 가령, 황지우의 지적인데,

> 우리가 고은의 시에서 자주 무지몽매한 혼돈에 직면하게 되는 것도 그의 직관의 광속 탓일 것이다. (……) 그러나 우리는 '누님이 더욱 아름다웠으므로 가을이 왔습니다'(「사치」)라고 말하는 그의 역인과적(逆因果的)인 인식, '나 혼자는 내가 아

니다'(「정릉에서」)라고 말하는 그의 역설에서 보다 함량이 큰 아름다움과 시적 진실을 인수한다. 이해되지 않는 것이 통하다니!(황지우, 「귀소」, 『고은을 찾아서』, 버팀목, 1995, 76쪽)

그가 가끔 서정주와 김수영을 높은 곳에 올려두고 폄하하는 것도 그들의 언어가 서로 다른 방식의 역량을 결여했다는 자부심에서 기인하는 것으로 보인다. 실제로, 「부활」이나 「자작나무숲으로 가서」 같은 절창들은 삶의 파란과 신명뿐 아니라 "파산, 헌신, 광증, 오뇌, 이런 고행을 담아내는 틀로서의 시"를 가능해 보이게 한다. 그런 열정으로 고은은 한국 시사(詩史)에서 '모호함에 가득 찬 직관과 영감의 영토'를 개척했고, 그것을 다시 일상의 내면에까지 확장했다.

5. 계산서

이제 결산한다.

내가 고은의 영혼을 '오십 년 동안의 사춘기'로 명명하는 것은 첫째, 그의 사회적 행위들이 관념적 가치로부터가 아니라 '자기애'로부터 출발하기 때문이다. 루소에 따르면 "모든 동물도 지니고 있는 자연적 감정은 자기를 보존하는 것. 이로부터 모든 감정, 특히 정열의 감정도 도출된다. 또한 자연상태에서 인간은 '합리적 상태 이전 상태'에서 산"다. 둘째, 비

극을 인지하는 예민하고 불안정한 감수성이 시종 멈추지 않는 까닭이다. 실제로 그는 사춘기에 들어 있는 생명만이 타락하지 않을 수 있다고 생각하는지 모른다. 상식세계나 교양세계에서 '미숙'으로 폄훼당하는 소년 상태를 그가 시정신의 본령으로 삼는 까닭은 교양이 시대를 폐쇄시키고, 이성과 학문이 자연적인 감정을 약화시킨 결과 동시대인들이 '비극 인식의 백치상태'에 놓이는 것을 혐오한 때문일 수 있다. 사실 우리가 동물 상태였으면 한반도의 존재들을 육십 년 동안이나 비인간화 상태로 몰아넣은 군사분계선 따위를 아랑곳도 하지 않고 배회해버리는 자유를 누렸을 것이다(물론 이것이 역사를 거슬러 동물적 상태로 퇴화하자는 말은 아니다). 그가 반도(운명의 장소)에 갇히지 않으려고 노력하면서 동시대의 사유 틀을 쉽게 넘어섰던 동인도 여기 있을 것이다.

또한 그러한 결과로서 그의 문학은 서정주나 김수영과 동시대적 선후배 사이를 나누었지만, 그들과 영향사적으로 설명할 수 없는 단절을 획득했다. 동시에, 고은과 우리 세대 사이에는 사소한 영향으로 설명하기 어려운, 더러 영향의 요인들이 인지되더라도 그 자체만으로는 해명될 수 없는 공통점이 만들어진다. 그것은 시의 문체구조랄까 언어조직의 본질에 속하는 것으로서 현대시의 변화무쌍한 현상들 속에서 특이할 정도로 집요하게 재현되는 범인류적 문화유산이다.

그렇다면 그의 궤적은 이제 우리 후학들에게 무엇을 상속하고 무엇을 미제로 남기는가?

언젠가 몽골에서 야생마 프로젝트를 본 적이 있다. 인류가 아득한 공간의 숙명을 극복하고자 말의 등에 올라탄 이래, 아직 변종이 완료되지 않은 종자라도 복원하여 다시 "자연으로 돌아가게" 하도록 각성이 이루어지기까지 실로 수십 세기의 시간이 소요됐다. 나는 고은이 애써 '완성된 형태'를 부정하고자 노력하는 것을 '야생정신 프로젝트' 같은 의지로 이해해왔다. 그가 어떤 상황에서도 파격, 파문, 파계의 형식을 피하지 않는 것은 그 정신의 본질이 '역사 · 문명 · 체제의 감옥'에 대한 거부에 있음을 거듭 깨닫게 한다.

그로부터 내(우리)가 얻는 이문은 이렇다.

우리가 몸담은 시간과 공간 속을 '신성모독'적으로 가로질러온 고은의 존재는 자주 랭보의 행보를 연상시킨다. 랭보는 기독교적 생활양식과 가치관이 만들어낸 거대한 체계에 적응하지 않고 생물학적이며 존재론적인 '날것의 인간'으로 상식의 세계를 뒤흔들고 갔다. 유럽의 유구한 문화를 뒤집으며, 신에게의 의탁 없이 오직 '날것의 존재'로 대지를 통과하면서, 무겁고 장중하며 허황될 만큼 이성적인 삶의 틀과 제도와 부딪쳐 무수한 마찰음을 파생시킨 랭보를 지목하여 세계는, 유럽 최초의 '근대의 자식이 아닌 인간'이라고 명명했다. 나는 고은의 삶에서도 그런 무지막지한 저력을 엿본다.

그러나 다시 나는 그것을 눈으로 확인하면서도 무슨 위험물인 듯이 선불리 받아안지 못한다.

유럽이 구현했던 전면적인 근대는 랭보와 같은 저항자에

게 단일 전선을 제공하고 전면전을 벌이는 게 가능한 환경을 안겨주었다. 하지만 한반도의 삶에는 그러한 축복이 예비되어 있지 않다. 오늘날 우리가 몸담고 있는 세계는 랭보의 것처럼 단일한 전선의 근대를 가지고 있지도 않으며, 아무리 자기 파괴적이고 제도에 대한 저항이 철저할지라도 시대를 구원할 수 있는 '지적 주목'을 허용해주지 않는다. 분단은, 그에 대한 저항까지를 포함하여, 모든 온전성을 깨뜨려버렸다. 특히 목하 전개되고 있는 백가쟁명의 시대(모든 것이 주장이고, 모든 것이 주장이 아닌)는 지적 통일성에 대한 관심마저 끝없이 분산시켜버린다. 심지어는 그러한 기행(奇行)이, 단일한 문화나 제도 혹은 규범이 유지되지 못하는 파열의 상처를 끌어안고 사는 지극히 건전한 상식인들의 꿈을 방해하는 불성실한 허영이 될지 모른다는 의구심조차 드는 것이다.

0. 뱀의 뒷발

너무 큰 사물을 만나면 실체가 확인되지 않는다. 멀어지면 숨소리를 놓치고 가까우면 형체를 잃는다.

나는, 인간의 수줍음이란 타자에 대한 섬김에서 흘러나오는 것이라고 늘 생각해왔다. 만일, 술의 힘을 빌려야 단상에 오르는 이에게서 섬김의 기운이 약하고, 고래의 노동력을 송사리들에게 보시하는 이가 도인이 아니라면 용량 작은 두뇌

들은 얼마나 혼란스러워할 것인가? 나는 청년위원장 시절에 거장 고은 어른께서 후학들에게 가방을 들리거나 담배 심부름을 맡기는 것을 본 적이 없다. 아니, 그러한 사적 의전 문화를 묵인하는 모습을 상상할 수 없다. 그렇다고 청년들로부터 '속으로 우러르는 존경심'을 받기라도 하는가? 이 불협화를 시에서 확인하려 드는 것은 아둔한 짓이다. 인간의 내면과 외양이 동일하지 않은 것처럼, 마음과 얼굴이 하나이지 않은 것처럼, 존재와 시도 얼마든지 따로 살 수 있다. 그래서 언젠가 가짜 고은 사태의 피해자들처럼 나도 가끔 내가 시집 『부활』의 영혼이 아니라 그 그림자에 매달릴지 모른다는 자중을 버리지 못한다. 왜냐하면 한국사회에서 고은의 길은 어느새 세상을 흔들어 깨우는 사회적 발언의 형식으로서, 오직 문학이 지켜온, 그러나 이제 고갈 위기에 놓인 천연자원화 되는 단계에 접어들었기 때문이다.

지금의 고은은 한국문단에서 수시로 빠져나와 혼자서 더 먼 세계 속으로 가고 또 가고 있다. 그것을 국제적 명망성을 향한 탐욕으로 읽는 것은 좁은 해석일 것이다. 고은을 통해서든, 혹은 황석영, 아니면 또다른 누구를 통해서든 한국문학은 하루라도 빨리, 오늘도 세계의 서점들을 들락거리고 있는 지구촌의 독서 가족들 앞에 데뷔해야 한다. 또한 모든 각개 문학적 영혼들은 그런 세속적 영향력의 전선이 아니라 세계를 향한 자아실현의 확장과 심화를 위해 고투하고 있어야 한다. 한국문학은 지금 그 과도기의 허기상태를 지난하게 견디고 있다. ■

고은 연보

1933년 8월 1일 전북 군산시 미룡동 138번지 아버지 고근식 어머니 최점례의 장남으로 태어남(음력 6월 10일 아침 열시). 본명은 은태銀泰. 9세까지 서당을 전전, 백수문부터 동몽선습, 소학, 논어 등을 익혔음.

1943년 미룡국민학교 입학. 3학년 때 장래 꿈을 물어보는 일본인 교장의 질문에 천황天皇이 되겠다고 해서 천황모독죄로 징벌.

1945년 8·15 해방으로 월반. 새로 부임한 교장이 친일파라 해서 교내 동맹휴학 주모. 그로 인해 일 년 뒤 군산 사범학교 입시에서 품행문제로 불합격 처분, 다음해 군산중학교에 수석 입학. 미술부에 들어 교내전에서 1등상. 길에서 시집 『한하운시초韓何雲詩抄』를 습득, 문학적 충격을 받음.

1950년 전쟁으로 4학년 휴학. 담배와 술을 시작. 삼 개월 동안 인공 치하. 밤에는 인민군의 명령으로 비행장 강제노동, 낮에는 집에서 노동. 이때 시를 습작하기 시작. 9월 수복 전후 동족상잔의 참극에 의해서 정신착란 상태 빈번해짐. 그 무렵의 시를 정리하여 '아름다운 전설'이라고 제목을 붙였으나 입산할 때 소각. 피난에서 돌아와 군산의 미 제21항만사령부 운수과 검수원, 군산 북중학교 국어 및 미술교사, 옥구 대야에서 엿장수. 이병기, 신석정, 김수영 등 만남. 자학증상으로 군산항에서 자살 미수. 두 귀에 청산가리를 넣어서 고막이 녹았으나 하나는 구제.

1952년 승려가 됨. 법명 일초一超. 효봉 스님의 상좌가 된 이래 십이 년 동안 수선과 만행.

1957년 불교 총무원 간부, 전등사 주지, 해인사 교무 및 주지 대리 등 역임. 불교신문 창간, 초대 주필.

1958년 시 「폐결핵肺結核」을 조지훈의 천거로 『현대시』에 발표하여 등단. 「봄밤의 말씀」 「눈길」 「천은사운泉隱寺韻」 등을 서정주의 단회 추천으로 발표.

1959년 첫 시집 『불나비』 사십 편의 원고가 인쇄 도중 화재로 전소. 해인사에서 단식 이십일 일, 용맹정진의 수행.

1960년 시집 『피안감성彼岸感性』(청우출판사) 출간. 공초 오상순과 동숙. 전후문협 결성에 참가.

1961년 장편소설 『피안앵』(신태양사), 『반야심경해의』 『불교의 길』(선학원) 출간, 전국승려대회 지도위원, 중진회의 등 탈퇴. 가짜 고은 출몰 시작.

1962년 한국일보에 환속선언 발표. 폭음 일상화. 가짜 고은도 환속한 차림으로 고은 행세(경주, 김천 등지에서는 한글 백일장 심사위원장, 한시대회 심사위원, 서울에서는 모대학 영문과 졸업반 여대생과 결혼, 제주도에서도 충남대 가정과(?) 출신의 여자와 동거, 계룡산에서는 공주지방의 문학청년들의 추앙을 받으며 금품 수취 등 각종 사기행각). 하나는 오여 년 뒤 제주도에서, 다른 하나는 십여 년 뒤 서울에서 체포. '세계전후문제작품집/한국전후문제시집' 에 『고은집』 수록.

1963년 제주도 기류. 제주시 화북동에 도서관을 설치하고 금강고등공민학교를 개교, 교장 겸 국어, 미술 교사로 있으면서 무료수업으로 삼 년간 1회 졸업생까지 배출. 장시 「니르바나」 발표.

1964년 불면증, 허무주의에 침윤, 반주로 소주 4홉이 다반사. 서울의 신동문辛東門이 보살펴주었음. 시집 『해변의 운문집』(신구문화사) 출간.

1967년 서울행. 민음사 박맹호와 만남. 윤호영의 도움으로 홍릉에서 기거. 수필집 『인간은 슬프려고 태어났다』(민음사), 시집 『신·언어의 마을』(민음사) 출간. 민음사, 신구문화사의 편집실에서 생활.

1968년 수필집 『G선상의 노을』(영진문화사), 『우리를 슬프게 하는 것들』(창조사) 출간.

1969년 정릉으로 이사. 『어디서 무엇이 되어 만나랴—절망의 메시지』(중앙출판공사), 장시 「사형」(「대일식大日蝕」 개제) 출간. 동화통신 부장 대우로 취임했으나 외신기자구락부 살롱을 취중 난동으로 파손시켜서 사직.

1970년 단시집 『세노야』(신진문화사) 출간. 음독자살 시도(정릉 골짜기 취약지구 예비군 특훈 때문에 의식불명의 신체가 발각되어 경찰에 의해 입원, 만 서른 시간 만에 의식 회복. 장기간 치료 및 휴양). 아버지 병사로 이십여 년 만에 밤중에 고향에 감. 전태일의 분신 자결로 현실을 인식하기 시작.

1971년 연희동으로 이사. 수필집 『한 시대가 가고 있다』(동화출판공사) 출간.

1972년 『1950년대』 제1권(민음사) 출간. 「노래의 사회사」를 한국일보에 연재.

1973년 화곡동으로 이사. 박정권 3선 개헌반대를 위한 개헌청원운동에 문인 대표로 참가. 문인 간첩단사건 구명운동 주도. 민청학련 사건의 김지하 석방운동 개시. 『이중섭평전』(민음사)을 『신동아』에 연재, 출간, 영화화. 중편 『파계』 영화화. 역주 『당시선』(민음사·세계시인선) 출간.

1974년 자유실천문인협의회를 백낙청 이문구 박태순 등과 결성, 초대 대표간사. 제1차 선언문 발표. 민주회복국민회의에 문인 대표로 참가. 경찰, 정보부에 의해 유폐되기 시작. 시집 『문의마을에 가서』(민음사), 장편소설 『일식』(예문관) 출간, 영화화. 『이상평전』(민음사)을 『세대』에 연재, 출간. 장편소설 『어린 나그네』(예문관)를 독서신문에 연재, 출간. 『고사편력—나의 방랑 나의 산하』(세대사) 출간. 제1회 한국문학작가상 수상. 동아자유언론투위와 동조, 동아일보 광고 운동. 강연, 선언문 낭독 등으로 당국에 연행, 장기 구금. 전담 형사 및 정보부 기관원의 24시간 감시·동침·동행이 계속.

1975년 대통령 긴급조치 9호 선포로 칩거당함. 『한용운평전』(민음사), 『제주도』(일지사), 고은 시선 『부활』(민음사), 역주 『초사』(민음사) 출간.

1976년 지학순 함세웅 백낙청 등과 김지하 구출위원회 결성, 부위원장으로 활동. 이우정 등과 동일방직사건 대책위원회, 상고사 대책위, 원풍모방 대책위, 청계피복사태 문제 등에 참가하여 노동운동에 입문. 산문 선집 『환멸을 위하여』(민음사), 역주 『시경』(민음사), 『한국의 지식인』(삼중당) 출간. 「불교란 무엇인가」를 『법륜』에 연재. 「시와 시대」를 독서신문에 연재. 역주 『두보시선』(민음사), 『갠지스 강의 저녁놀』(계몽사) 출간.

1977년 시집 『입산』(민음사), 소설집 『밤 주막』(세종문화공사), 수필집 『세속의 길』(진문출판사), 사상신서 『역사와 더불어 비애와 더불어』(한길사) 출간. 장편소설 『피안앵』을 개작, 『산산이 부서진 이름』(한국문학사)으로 출간. 민주구국헌장 사건 주모자로 약 일 개월 동안 정보부의 지하실에 구속, 송광사에 유폐. 긴급조치 9호 위반으로 서울구치소에 수감. 인세 및 가계 등의 관리를 담당형사가 맡음. 출옥 뒤 자유실천문협 삼 주년 선언문 발표. 장시 「대륙」을 『대화』에 연재.

1978년 민주청년협의회를 화곡동 자택에서 결성 지도. 자유실천문협과 백범사상연구소 공동주최로 '민족문학의 밤' 개최. 8·15를 맞아 유신체제에 항의 삭발. 평화시장 남영나일론 해태제과 등의 사태로 노동현장에 접근. 「똥」 「쪼까니 딸들에게」 「열다섯 살의 노동자 바우에게」 「전태일」 등의 시를 각 집회에서 발표. 당국의 제재. 원주집회 사건으로 구금. 한국인권운동협의회 발족, 부회장에 피임. 수필집 『사랑을 위하여』(전예원), 평론집 『진실을 찾아서』(새벽사) 출간, 시집 『새벽길』(창비) 출간.

1979년 평론집 『지평선으로 가는 고행』(예조각), '한국문학전집' 『고은집』 출간. 민주주의와 민족통일을 위한 국민연합(약칭 국민연합) 결성, 문익환 함세웅과 함께 중앙

상임위 부위원장으로 핵심 역할. 이상화 영국 런던대 대학원으로 떠남. 『실천문학』 창간 주도. 미 대통령 카터 방한 반대 데모 주도, 구속. YH사태에 농성현장을 격려·지도. 국가보위에 관한 특조법 위반으로 서울구치소에 투옥. 연말에 보석 형식으로 출감. 감옥에서 귀의 고막 파열로 청각을 잃어서 수술.

1980년 계엄하 작품 발표 엄금. 무단舞丹이라는 이름 사용. 소설집 『산 너머 산 너머 벅찬 아픔이거라』(은애출판) 출간. 출옥 직후 영등포에 노동학교 설립, 교장이 됨. 각 대학 강연. 5월 이후 내란음모죄, 계엄법, 계엄교사 죄목으로 극한 상황 체험.

1981년 대구교도소 특별요시찰 정치범 수용중 귀 수술, 위기를 넘김.

1982년 8·15 기념 가석방. 여러 번의 옥중 단식으로 건강 황폐화.

1983년 삼 년 만에 시를 발표. 5월 5일, 이상화와 결혼. 식장은 수유동 안병무 자택 정원. 주례 함석헌, 축도 문재린, 축시 문익환, 축사 이문영 백낙청, 집전 리영희 등 제한된 친지 백여 명 참석. 이후 경기도 안성군 공도면 마정리에 거주. 『고은 시전집』(민음사) 1, 2권 출간. 일본의 반핵평화운동대회의 초청이 있었으나 출국 불허. 미국 기독교 기관에서 초청이 있었으나 출국 불허. 연금 계속.

1985년 서사시 「백두산」을 계간지 『실천문학』에 연재하다가 강제 폐간으로 일시 중단. 창작과비평사 출판사 등록

취소에 맞서 투쟁. 월간 『마당』에 「겨레와 노래」「어린 시절」을 연재함. 딸 차령이 태어남.

1986년 「만인보」를 『세계의문학』에 연재. 전작으로 옮겨 1, 2, 3권 출간(창작사). 시집 『시여 날아가라』(실천문학사), 평론집 『문학과 민족』(한길사), 산문집 『고난의 꽃』(한길사) 출간. 일본 펜클럽과 서독 하이델베르크대 등지의 2개 대학 강연 초청이 있었으나 여권이 발급되지 않음. 자주 연금상태. 집 주위는 사복 경찰관이 감시. 제13회 한국문학작가상 수상식에도 연금에 동원된 경찰 중 세 명과 함께 동행하여 상장만 받고 바로 귀가 조치.

1987년 민주헌법쟁취 국민운동본부 상임공동대표(박형규 김승훈 이돈명 등과). 6월항쟁에 적극 참여. 박종철 이한열 군 추도회 주관하고 추도시 낭독. 서울 시청 앞 광장 이백만 시민집회에 앞장. 대학 등 강연 계속. 버클리대 초청으로 미국·캐나다 등지 여행 이 개월(1회용 임시 여권 발급). 일본의 국제평화대회 초청에는 정작 일본 정부로부터 배일사상가로 낙인찍혀 비자를 받지 못함. 자유실천문인협의회를 민족문학작가회의로 전환하면서 부회장이 됨.

1988년 『만인보』(창비) 4, 5, 6권, 시집 『네 눈동자』(창비), 『고은전집』(청하) 1, 2, 3, 4권 출간. 제3회 만해문학상 수상. 여덟번째 초청인 일본 이와나미(岩波) 출판사 초청이 당국의 출국 불허로 막히고 다시 초청받아 방일.

1989년 남북작가회담 추진위원회 위원장에 피선, 남북작가회

담 제안. 판문점 회담을 위해서 가다가 동료들과 연행. 귀가조치 뒤 단독 구속. 국제펜클럽 등 여러 나라의 석방운동과 구속 항의에 의해 이 개월 만에 보석 석방. 한국민족예술인총연합(민예총) 창립. 초대 공동의장 피선. 일본어판 시집 『祖國の星』(新幹社) 출간.

1990년 『만인보』(창비) 7, 8, 9권, 시집 『아침이슬』(동아), 『눈물을 위하여』(풀빛), 평론집 『황혼과 전위』(민음사) 출간. 민족문학작가회의 회장. 납월북 예술가 산문 엮음(전3권, 동아).

1991년 『백두산』(창비) 3, 4권, 장편소설 『화엄경』(민음사) 출간. 중앙문화대상 수상.

1992년 소설 『그들의 벌판』(책세상) 『내가 만든 사막』(책세상), 시집 『내일의 노래』(창비) 출간. 호주 시드니대 한국학과에서 강연. 미국 하버드대 초청 '한반도의 꿈' 강연. 영화 〈화엄경〉을 위하여 장선우 감독, 김형균 등과 인도, 네팔, 스리랑카 여행.

1993년 김영삼 정부에 의해 사면 복권. 복수여권을 발급받음. 미국 미시간대 국제대학 주관의 '21세기 한국에 대한 전망' 국제대회에 참석 강연. 경향신문사 MBC 후원으로 '시력詩歷 35년 고은 문학의 밤' 문학행사. 경향신문에 자전소설 「나의 삶 나의 산하」 연재, 광주일보에 「방랑시인」 연재. 서사시 『백두산』 후반부 5, 6, 7, 8권 완성. 시집 『아직 가지 않은 길』(현대문학사), 시집 『산』(문학세계사), 에세이집 『광야에서의 사색』(동아출판사), 『인도기행』(동아출판사), 『고은 문학앨범』(웅진) 출간.

1994년 경기대 대학원 교수로 발령. 제1회 대산문학상 시부문 수상.

1995년 시집 『독도』(창비) 출간. 독일 베를린 자유대 초청 시낭독 및 강연. 프랑스 문화성 초청, 시낭송. 일본어판 시집 『華嚴經』(御茶の水) 출간.

1996년 호주 작가 페스티벌. 고은 시선 『아침이슬』 영어판 출간. 시드니 TV 프로 '한국시인 고은'에 출연, 일본 오사카 '중심 21' 초청강연 및 시낭독. 독일 주어캄프사 주최로 프랑크푸르트 뮌헨 베를린 등 5대 도시 순회 시낭독. 네덜란드 로테르담 국제시인대회 참석. 시집 『어느 기념비』(민음사) 출간. 독일어판 시집 『Die Sterne über dem Land der Väter』(Suhrkamp) 출간.

1997년 버클리대에서 미국 원로시인 게리 스나이더와 함께 시낭독. 멕시코 과달라하라 북페어 문학행사에 참가. 『만인보』(창비)(저서 120권에 이름) 13, 14, 15권 출간. 사십 일간 티베트 수미산 순례중 어머니 별세(향년 84세). 미국에서 선시집 『Beyond Self』(Parallax) 출간.

1998년 만해대상 시부문상 수상. 북한 방문, 보름간 체류. 시집 『속삭임』(실천문학사) 출간. 프랑스 정부 초청 파리 작가의 집 시낭독. '산하여 나의 산하여 : 고은 시낭독회'가 예술의 전당에서 이틀간 유료 공연. 멕시코에서 시선집 『Fuente en Illamas』(Collegio de Mexico) 출간.

1999년 미 버클리대 옌칭 연구교수 및 버클리대 방문교수로 가족과 함께 일 년간 도미, 시론 강의. 중국어판 『고은 시선』(북경 작가출판사) 출간. 하버드대 페인홀에서 '고은의 밤' 시낭독회. 미 UCLA, 버클리대, 하와이대 등지 시낭독회 및 강연. 멕시코에서 파블로 네루다 기념 시낭독회 참가. 시집 『머나먼 길』(문학사상사) 출간. 북한여행기 『산하여, 나의 산하여』(중앙M&B), 시평론 『시가 있는 아침』(중앙M&B), 소설 『수미산』(대원정사) 출간. 멕시코에서 스페인어판 시집 『Una Piedra en el Limite de los campos』(Oro de la Noche editions) 출간.

2000년 시집 『남과 북』(창비) 전작 시집 출간. 남북정상회담 특별수행원으로 분단 오십오 년 휴전 오십 년 만의 남북공존을 세계에 선포한 현장에서 통일을 염원하는 시를 낭독. 스웨덴 스톡홀름대 한국학 포럼 참석 및 요테보리 도서전시회에서 강연 및 시낭독. 폴란드 크라카우 세계시인축제에 참가. 시집 『히말라야 시편』(민음사) 출간. 프랑스어판 시집 『Qu'est-ce?』(Maison neuve et Larose) 출간. 중국어판 시집 『對話』(學院) 출간.

2001년 유네스코 주최 그리스 정부 제휴로 이루어진 '세계 시인의 날' 참가. 독일 브레멘 시인대회 시낭독 및 강연. 이탈리아 베로나에서 세계 시 아카데미 창립대회에 정회원으로 참가, 시낭독. 남미 콜롬비아 국제시인대회에 참가. 스웨덴 동양박물관 초청강연 및 요테보리 국제도서전 시축제 참가, 시낭독. 미국 시인 게리 스나이더 초청으로 데이비스대에서 시낭독. 버클리대와 산타크루즈대에서 시낭독. 일본 동경 국제도서전시장의 후지하라 출판사 포럼 발제자로 참가. 캐나다 브리티시 콜롬비아대 초청, 시낭독 및 강연. 시집 『순간의 꽃』(문학동네) 출간. 이어서 영역. 한국예술종합학교 시론 강의. 수필집 『길에는 먼저 간 사람의 자취가 있다』(마주) 출간.

2002년 체코 '프라하 작가 축제' 초청 시낭독. 러시아 바이칼 호수에서 열린 한국문예창작학회 국제심포지엄에서 기조연설. 필리핀 마닐라에서 제1회 '환태평양 시인축전'에 13개국 대표의 한 사람으로 참가. 백낙청 편 고은 시선 『어느 바람』(창비) 출간. 전38권의 『고은전집』(김영사) 출간. 독일 베를린 자유대 총장의 초청으로 강연. 프랑스 정부 초청으로 파리 몰리에르 극장 시낭독. 은관 문화훈장 받음. 시집 『두고 온 시』(창비), 『늦은 노래』(민음사) 출간. 독일어판 시선집 『Ein Tag voller Wind』(Pendragon) 출간. 스웨덴어판 시선집 『Fraga manskenet om vagen』(Heidruns Forlag) 출간.

2003년 일본 오키나와 '문학과 환경 국제회의'에서 발제. 프랑스 파리 제7대학 동양학연구소 주최 아시아 축제에서 강연. 이라크 한국군 파병반대 작가 시위. 스웨덴 동양박물관 주최 현대한국문학심포지엄에서 강연. 일본 도쿄국제도서전의 한일 지식인 포럼에서 기조연설. 만해재단 주최 국제평화시인대회 대회장. 제3회 베를린문학제에서 강연.

2004년 미국 워싱턴의 폴저 셰익스피어 도서관, 하버드대, 워싱턴대에서 시낭독. 스페인 살라망카대에서 시낭독. 오페라 대본 〈단군〉(일명 〈개천開天〉) 집필. 스페인 마드리드와 바르셀로나에서 시낭독. 서울 문예회관 대극장에서 '고은 문학의 밤' 개최. 단재상 수상. 이탈리아 베니스에서 제1회 한이문학포럼에서 강연. 『만인보』(창비) 16~20권 출간.

2005년 한반도 분단 이후 최초의 한국어 공동사전 편찬을 위한 '겨레말 남북 공동 편찬위원회' 상임위원장에 취임. 독일 라이프치히도서전에서 강연. 일본의 마쓰야마대와 고베 등에서 강연. 장편 판소리 대본 〈초혼招魂〉 집필. 제3회 베를린 세계시인축제에서 시낭독. 노르웨이 본슨문학제에서 강연, 오슬로대에서 강연. 독일 베를린문학제에서 강연. 독일 프랑크푸르트도서전에서 주빈국 대표로 개막식 연설. 노르웨이 본슨 문화훈장 받음.

2006년 '겨레말 남북 공동 편찬위원회'의 정례회의를 위해 수 차례 북한 방문. 한반도 분단 이후 처음으로 남북작가 삼백여 명이 참가한 평양 민족작가대회 남측 대회장. 이탈리아어판 『순간의 꽃』 출판기념 행사를 로마, 피렌체, 밀라노, 포르미아 등에서 개최. 프랑스 보르도대와 파리도서전에서 강연. 미국 PEN의 뉴욕 국제문학제에서 시낭독, 알렌 긴스버그 오십 주기 기념식에서 시낭독. 이탈리아 파르마 세계문학제에서 강연. 미국 제랄딘 다지 국제 시축전에 '특집시인'으로 초대받아 강연. 스웨덴의 문학상 시카다 상 수상. 『만인보』(창비) 21~23권. 시집 『부끄러움 가득』(시학) 출간.

2007년 몽골 울란바토르에서 열린 제1회 한몽심포지엄에서 기조연설. 홍콩 국제 펜 아태지역회의의 특별손님으로 시낭독. 스페인 마드리드에서 열린 ARCO 기념행사에서 시낭독. 서울대 초빙교수. 일본 도쿄에서 '21세기 지식인'이 주최한 제2회 국제 콜로키엄에서 기조연설. 영랑문학상 수상. 모스크바 레닌도서관에서 시낭송. 북경과 상해에서 열린 한중문학제에서 강연. 『만인보』(창비) 24~26권, 산문집 『우주의 사투리』(민음사) 출간.

2008년 등단 오십 주년 기념행사로 호암아트홀에서 그림전, 중앙대학교에서 심포지엄, 서울대학교에서 기념강연. 시집 『허공』(창비) 출간.

* 2003년 이후 '창작과비평사'의 정식 명칭이 '창비'로 변경됨에 따라 출판사명을 '창비'로 통일함.